행복하는
7 밤 라이크2!!

밤을
걷는

밤

밤을
걷는

밤

나에게
안부를 묻는
시간

유희열,
카카오엔터테인먼트
지음

위즈덤하우스

언젠가는 사라질 풍경이라면

생각이 많을 때면 주로 산책을 한다. 무언가를 골똘히 생각하고 싶지 않을 때. 특히 밤에 걷는 걸 좋아한다. 내가 좀 더 나다워질 수 있고 때로는 어둠 속에 숨을 수도 있는, 비밀스럽고도 반짝반짝한 시간. 한낮의 풍경이 선명하고 쨍한 사진 같다면, 밤의 거리는 아름다운 것만 남기고 아웃포커싱 된 사진을 보는 느낌이다. 몰랐던 것들을 더 자세히 들여다보게 되고, 시야는 흐릿한데 감각은 한층 예민하게 깨어난다. 바람이, 나무와 꽃이, 공기의 질감이 거리마다 새롭게 말을 걸어온다.

〈밤을 걷는 밤〉을 촬영하며 다녀간 모든 동네가 특별했지만, 첫 번째 산책지인 청운효자동을 걷던 순간을 잊을 수가 없다. 태어나고 스물 몇 해를 살았던 곳인 데다 딱히 변한 것도 없는데 예전엔 안 보이던 것들이 참 많이 보였다. 골목을 산책한다는 건 세월의 두께를 헤아리는 동시에, 나이를 먹어가며 달라진 나의 시선을 바라보는 일이기도 했다.

어린 시절 어머니와 정릉을 걸으며 "여기가 배밭이었어", "여기는 능금밭이었어" 하는 말씀을 듣는데 쉬 믿기지 않아 "여기가?" 하고 되물었던 기억이 있다. 시간이 흐르면 지금의 풍경도 누군가에게는 거짓말 같은 풍경이 될 것이다. 그러니 우리, 지금의 풍경을 부지런히 찰칵, 기억 속의 사진으로 찍어두면 어떨까. 곁에 있는 소중한 사람과 손 꼭 붙잡고 이 순간의 아름다움을 저장해둔다면.

혼자 나서는 산책길이라면 연주곡과 함께하는 걸 추천한다. 페퍼톤스의 〈Long Way〉와 윤석철 트리오의 〈2019 서울〉은 내가 산책할 때 자주 듣던 노래다. 노랫말이 텅 빈 음악을 들으며 걷다 보면 그 안의 가사를 쓰는 건 오롯이 내 몫이 된다. 이 두 곡을 배경 삼아, 책을 지도 삼아 어딘가를 걷는다면 산책을 나설 때와는 또 다른 마침표가 일상에 툭, 찍힐지도 모른다.

마지막으로 이 책의 주인공은 내가 아니라 공간이라는 걸 강조하고 싶다. 나는 그저 조금 앞서 걸어가는 안내자일 뿐. 산책하는 마음으로 편안히 읽어주시기를, 내가 걸었던 길 위에 더 많은 사람의 온기와 추억과 행복이 가득 적히기를 소망한다.

유희열

차례

걷지 않으면
알 수 없는 풍경들이
너무 많아.

기분 따라
느낌 따라
같이 걸어요~

1 시작하는 연인이라면
청운효자동

2 길 잃은 기분이 드는 밤엔
후암동

3 일상이 초라하게 느껴질 땐
장충동

4 추억에 잠긴 밤엔
명동

5 생각이 많은 밤엔
홍제천

6 온기가 그리운 밤엔
청림동

7 숲길을 걷고 싶다면
천장산 하늘길

8 시간 여행자가 되고 싶다면
행촌동~송월동

9 왠지 무기력한 날엔
압구정동

10 최고의 야경을 보고 싶다면
응봉동

11 설렘이 필요할 땐
방이동

12 옛것이 그리울 땐
성북동

13 여행이 고픈 날엔
종로

14 문득 권태로운 밤엔
창신동

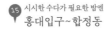

15 시시한 수다가 필요한 밤엔
홍대입구~합정동

16 마음이 시끄러울 땐
선유도공원

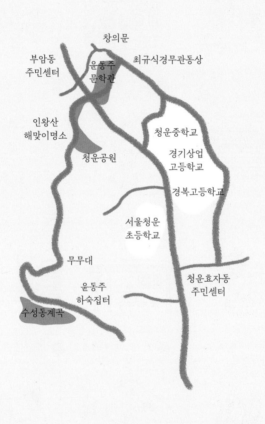

종로구 청운효자동

창의문

부암동
주민센터

윤동주
문학관

최규식경무관동상

인왕산
해맞이명소

청운공원

청운중학교

경기상업
고등학교

경복고등학교

서울청운
초등학교

무무대

윤동주
하숙집터

청운효자동
주민센터

수성동계곡

마음과 기억의
시차를 맞추는

시간

이곳은 내가 태어나 자란 곳이다.
'토이'로 활동하며 음악을 처음 시작한 곳도 여기다.
내 마음속에서는 늘 변함없는 행정구역…… 내 동네!
어딘가의 밤을 걷기로 한다면,
나에게 가장 익숙한 이곳부터 걷고 싶었다.

정말로 오랜만에 찾아왔다.
그것도 한밤에 이토록 쉬이, 훌쩍,
가벼운 옷차림과 발걸음으로.
한낮의 풍경이 짙은 어둠에 녹아드는 이 시간이
이곳에서만큼은 그리 낯설지 않다.

친구들이 각자 제 집으로 돌아가고,
'소년 유희열'이 혼자서 자주 서성이던 밤이기 때문이다.

대로를 걸어 횡단보도를 건너고 골목을 들어서면
양쪽으로 낮게 늘어선 집들,
그 골목을 덩그러니 밝히는 가로등.
여전히 내 마음속 행정구역 그대로다.
여기는 정말 변한 게 하나도 없다.

친구가 살던 옛 집도 아직 그대로 남아 있고,
나도 여기에 돌아와 서 있는데
함께 뛰놀던 친구들만 없다.

풍경은 그대로인데
여기서 같이 놀던 친구들만 없네.

해가 질 때까지 우리는 참 열심히도 뛰어놀았다.
어둠이 짙어지고, "○○야, 밥 먹어라!"
담장 너머로 목청껏 부르는 엄마 목소리가 들려오면
친구들은 하나둘 집으로 돌아갔다.
그렇게 나 혼자 이 어두운 골목에 덩그러니 남겨졌다.
나를 불러주는 사람은 아무도 없었다.
어머니가 밤늦도록 일을 하셨기 때문이다.

어머니는 꼭 이맘때쯤,
그때로 치면 통행금지 시각이 아슬아슬할 때에야 돌아오셨다.
어릴 때는 그게 퍽 속상하고 서러웠는데
어른이 돼서 이 골목에 서 있자니
그저 사무치게 그리운 기억이다.

추억 속의 골목을 빠져나와
최규식 경무관 동상이 서 있는 곳을 향해 걸어본다.

이 길은 온통 아까시나무뿐이었는데 지금도 그대로다.
아까시꽃이 하얗게 송이송이 만발하면
그 꽃 내음에 숨이 막힐 지경이었다.
계절의 순환에 따라 꽃은 진작에 져버렸지만
기억 속, 그 황홀한 향기에 파묻힌 채
최규식 경무관 동상 앞에 잠시 앉아본다.

변하지 않아 참 고마운 동네에서
천천히, 마음과 기억의 시차가 좁혀져간다.
잠옷 차림 그대로 산책 나온 모녀의 뒷모습 위로
퇴근하고 돌아오는 어머니의 얼굴이 오버랩되어 떠올랐다.

동상 맞은편으로 보이는 버스 정류장이
어릴 적 어머니가 일 나갔다 돌아오시던 정류장이다.

밤이 되면 나는 저 팻말 주위를 한참 서성이며
어머니를 기다리곤 했다.
버스가 멈춰 설 때마다 목을 길게 빼고
내리는 사람들 사이에서 어머니의 얼굴을 찾았다.
마중 나온 나를 발견하면 어머니는 나보다 더 환히 웃으셨고,
그 웃음이 온 우주를 밝혔다.

누군가를 기다리던 밤은
쉽게 잊히지 않는 것 같아.

몇 대의 버스가 스치고 나서야 겨우 자리를 털고 일어났다.

밤으로 더욱 짙게 그늘을 드리운 녹음 사이,
처음 걸어보는 오솔길로 창의문까지 올라갔다가
윤동주문학관으로 걸음을 옮겼다.
내가 이 동네에 살 때는 없었던 곳이다.

풀벌레 소리! 밤의 소리다.
밤이 깊어질수록 한낮에는 들리지 않던 소리가
귓가에 선명해진다.
작은 풀벌레 소리가 고요한 밤을 쩌렁쩌렁 울린다.

내처 걸으면 '시인의 언덕'으로 올라가는
오솔길 어귀에 다다른다.
언덕 이름이 너무나 시적이어서 따라가려다가
황급히 돌아서고 말았다.
벤치마다 연인들이 데이트 중이다.

그러고 보니 이 밤길,
막 시작한 연인이 걷기에 너무 좋은 산책길이다.

청운효자동에서 같은 보폭으로 걸으며 마음의 거리를 좁히고,
길가 어느 맥줏집에서 맥주를 한 잔 마신 뒤에
이곳, 인왕산 산책로로 넘어와
서로에 대한 이야기를 이어가는 거다.
나무가 우거져 제법 어둑한 길을 지날 때는
어쩌면 자신도 모르게 서로의 손을 찾게 될지 모른다.
저 화려한 도시의 야경은 덤이고.

여기서 처음 손잡기
시도하면 딱 좋겠다.

21

흙길을 터벅터벅 걷는데 저 멀리
짙은 나뭇가지 사이로 도시의 화려한 불빛이 어른거린다.
홀린 듯 빛에 이끌려 다가가니
누군가 보석을 뿌려놓은 듯한 광경이 펼쳐진다.

아, 이 야경은 정말이지 덤일 수 없다.
앞에서 내가 했던 말은 취소한다.

서울의 야경이 가장 아름다운 이곳의 이름은
무무대(無無臺).

'아름다움 빼고는 아무것도 없다.'

무무대에 올라서면 모든 게 사라진다.
지금 함께 있는 사람, 그리고 이 순간만 제외하고.

이곳에서 사랑을 고백받는다면
멋지고 비싼 반지 따위 없어도 평생 잊을 수가 없을 것이다.
이토록 고요하고 화려한 순간은…….

온통 '아름다움'뿐인 무무대를 뒤로하고
옥인동 마을버스 종점으로.

버스 종점의 환한 불빛을 마주하는 순간……
환상에 취해 있다 퍼뜩 현실로 돌아온 기분이다.

그렇게 오래도록 익숙하게 살았던 동네인데도
이런 감동을 받을 수 있다니.
어린 시절 추억이 깃든 곳이어서일까,
밤이라는 시간이 주는 힘일까.

누군가 나를 위해 준비해둔 보물지도 위를
한바탕 돌고 나온 것만 같다.
멈춰진 시간 속에서
잊고 있던 추억의 조각들을 그러모으며…….

참 좋은 거구나,
밤에 걷는다는 거.

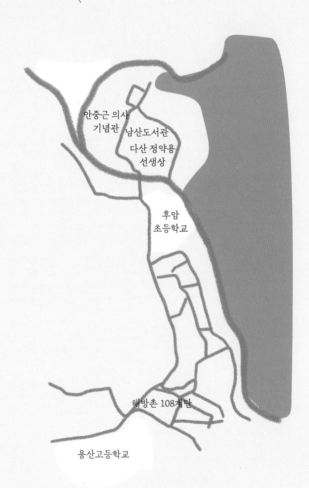

안중근 의사
기념관 남산도서관
다산 정약용
선생상

후암
초등학교

해방촌 108계단

용산고등학교

느리게 걸어야만
겨우 보이는

풍경들

같은 서울이지만 난생처음 와본 동네.
주변을 둘러볼수록 낯설다는 말만 나온다.
두리번거리는 시야로 도로 표지판이 들어왔다.
'두텁바위로.'

옛날 후암동 84번지에는
사람들이 간절한 마음으로 소망을 빌러 가던
동그랗고 두터운 바위가 있었다고 한다.
어려운 말로는 후암(厚岩), 쉬운 말로는 '두텁바우'.
이제는 그 이름만 남아 길이 되어버린
두텁바위로의 밤을 나선다.

멀리 남산타워(N서울타워)를 바라보면서
'후암동 종점'이라 적힌 버스 정류장 표지판을 지나쳐
그 길 끝에 섰다.

와!
높디높은 계단에 고개가 절로 젖혀진다.
두 개의 고층 건물 사이를 가로지른 계단의 끝이
까만 밤하늘에 묻혀 아스라하다.

하얀 불빛이 드문드문 밝히고 있는 계단 가운데로
역시 하얀 불빛을 달고서 오르내리는
해방촌 108계단 경사형 승강기.

영화〈중경삼림〉!
양조위(경찰 663)와 왕페이(페이)가 마주치곤 했던
홍콩 미드레벨 에스컬레이터가
내 눈앞에 갑자기 나타난 것만 같다.
사위는 어둡고, 이곳이 서울이라는 사실도 잠깐 잊고 만다.

명색이 '프로 밤산책러' 이름을 달고 나섰으니
108개 계단을 한 단, 한 단 밟아 오르기로 했다.

'목멱산(남산) 아래 우리 마을 해방촌'이라는 글씨와
정다운 벽화가 그려진 해방촌 계단엔 네 개의 계단참이 있다.
승강기도 계단참마다 멈춰 서고,
계단참에서 또 작은 계단들을 샛길로 앙증맞게 쌓아 올려
작은 집과 가게가 구석구석까지 골목으로 이어져 있다.

헐렁한 반바지에 슬리퍼 차림의 단란한 가족이
자그마한 두 아이를 앞세운 채 이야기꽃을 피우며 올라간다.
저 가족은 어느 골목에서 일상적인 발걸음을 돌릴 테지만,
나는 자꾸만 그 어귀를 기웃거린다.

저 작은 계단을 올라 다음 모퉁이를 돌면 또 어디로 이어질까?
익숙한 길 위에서는 쉬지 않고 추억을 더듬었는데
낯선 길 위에 놓이니 저절로 탐험가의 마음이 된다.

느릿느릿 108계단을 다 올랐더니
왼편으로 좁은 계단이 스무 단쯤 더 쌓여 있다.
이러면 108계단이 아니라 128계단인데…….

계단을 오르려는데
발치에 하얀 수국이 소복이 만개한 화분이 놓여 있다.
수국은 내가 제일 좋아하는 꽃이다!

남은 계단을 마저 오르니
이번에는 자투리땅에 누군가가 텃밭을 살뜰하게 가꿔놓았다.

서울 도심에, 게다가 이렇게 높고 외진 곳에
이토록 싱그러운 공간이 구석구석 숨어 있다니.
뜻밖의 다정하고 따뜻한 정취에 사뭇 마음이 들떴다.

귀뚜라미 울음만 가득한 골목 한복판에서 길을 잃었다.
어슴푸레한 도로 표지판에 의지해봐도
여기가 모두 두텁바위로라는 것만 알 수 있을 뿐.

어느 길로 가야 할까?
이 갈래 길로 들어서려다가
다시 저 갈래 길로 접어들기를 몇 번 반복하다가
한 갈래 길로 성큼성큼 걸어본다.

그리고 이내,
두텁바위로에서는 갈림길이 또 다른 갈림길로
자꾸만 이어진다는 것을 깨달았다.

일단 발길이 닿는 대로 만보할 수밖에.
길을 잃어버리는 것도 여행의 한 방법이니까.

후암동 두텁바위로는
도시를 여행하는 가장 완벽한 코스인지도 모른다.

길을 잃어버리는 것도
여행의 한 방법이니까.

내가 아는 건
비탈길로 올라가면 남산이 있고,
내리막길로 내려가면 도시가 있다는 사실뿐이다.

그 사실을 나침반으로 삼고서
갈래갈래 갈린 길을 느리게 걷다 보면
뭔가를 발견할 수 있을 것만 같았다.
잘 모르는 길에서는 모든 것이 '발견'이니까.
느리게 걸어야 겨우 눈에 보이는 것들도 있다.

왠지 수상한(?) 골목 입구를 발견하고 고개를 들이밀었더니
역시나 상상도 못 한 광경에 입이 벌어졌다.

골목 모퉁이 작은 터에 웬 옥수수들이
서로 키를 다투며 쭉쭉 뻗어 있고,
뒤로는 남산타워가 휘황한 빛을 발하며 서 있다.
옥수수와 남산타워……
이질적인 것들이 밤의 한가운데에서
영화 속 아름다운 앵글로나 잡혀 있을 것 같은 풍경으로
조화롭게 어우러져 있다.

어느 순간 새끼고양이도 가느다란 울음소리를 내며
어둠 속에서 내 발치를 스쳤다.
그러고 보니 골목 곳곳에 물그릇과 먹이 그릇이 놓여 있다.
온 동네가 고양이를 함께 키우나 보다.
새끼고양이를 조심스레 따라갔더니
그곳에 다른 형제도 세 마리나 더 모여 있다.
야옹!

끝도 없이 이어지는 골목길들.
긴 세월 켜켜이 쌓인 시간 위를 걸어본다.

이제 남산으로 향하는 큰길로 빠져나왔다 싶게
남산타워가 점점 거대하게 눈에 들어올 무렵이면
가파른 계단 앞에 또 서게 된다.
70개쯤이야! 호기를 부려봐도
숨이 턱까지 닿아야 그 계단의 끝에서
새로운 공기를 만날 수 있다.

남산도서관과 다산 정약용 동상을 지나쳐
안중근의사기념관 방향으로 향하다가
어느 낮은 계단을 좀 더 오르면
느닷없이 평평한 솔밭이 고요하게 밤을 떠받치고 있다.

가로등이 드문드문한 밤의 숲에서
가느다란 소나무 군락은 고즈넉하기 그지없다.
둥치는 부드러운 빛에,
높이 뻗은 가지는 부드러운 어둠에 잠긴 채
조용히 자리를 지키고 있다.

계단들과 오르막길을 오르느라 차올랐던 숨이
이제는 밤의 숲으로 벅차오른다.

©kakaoTV

안중근의사기념관 마당에는
반려견과 함께 밤 산책을 나온 사람이 제법 많았다.
강아지들이 서로의 냄새를 맡으며 호기심 어린 인사를 하면
그 덕분에 사람들도 다정하게 눈인사를 나눈다.

남산에서 제일 유명한 계단,
바로 '삼순이 계단' 끝에 털썩 주저앉아
잠시 목을 축이며 밤을 내려다봤다.
제각기 편안한 발자국으로 따뜻한 그림을 그리는 사람들을.

아마도 사람들마다 남산에 대한 기억은 다를 것이다.
누군가에게는 이곳이 평범한 공원, 조깅하며 운동하는 코스,
또 연인과의 데이트 코스일지도 모르겠다.
나에게 남산은 '식물원'이었다.
언제나 어머니 손을 잡고 놀러 왔던.

그러고 보면 참 신기하다.
같은 공간에 대한 기억이 이토록 다채로울 수 있다는 것이.
하나의 공간은 각자의 추억 속에서
저마다 새로운 풍경으로 되살아난다.

언제 한번 딸 데리고 와야겠어.

우리 부모님이 내 손 잡고 왔던 것처럼.

남산을 뒤로하고 소월로를 따라 내려오는 길에서는
어두운 숲의 그림자 아래로 실개울이 제 모습을 감춘 채
내내 물소리로 졸졸졸 나를 따라왔다.

소월(素月), 밝고 흰 달의 자취…….
이름과 풍경이 참 어울리는 길이다.

문득 길 잃은 기분이 드는 밤엔 해방촌 산책을 추천한다.
내내 미로 같다가 보물지도로 남은 이 길처럼,
당신의 밤도 그러하기를.

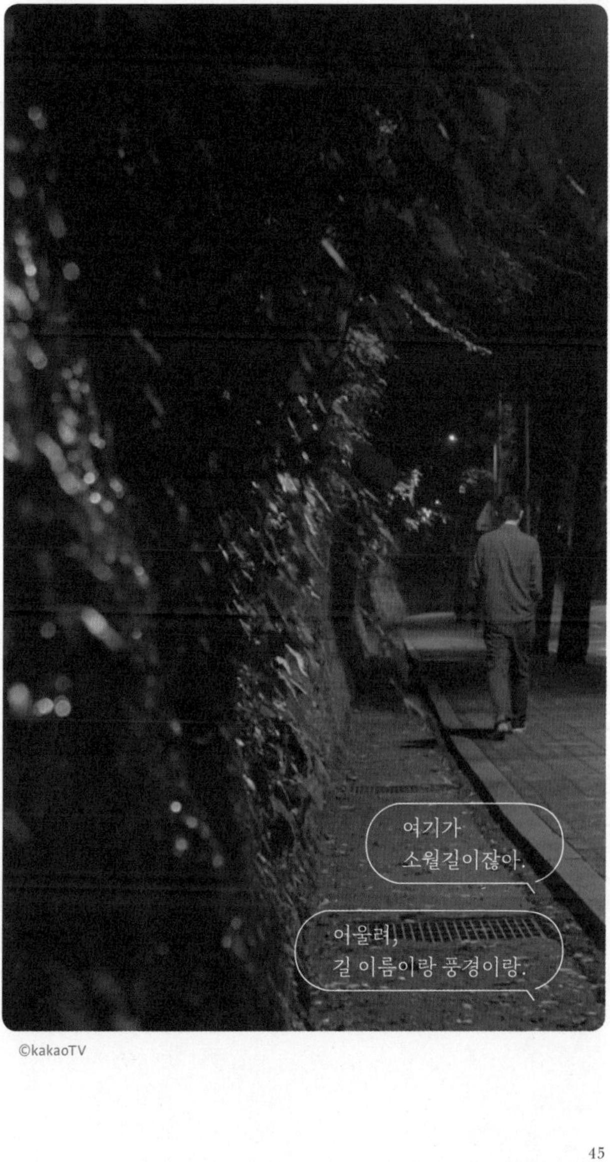

©kakaoTV

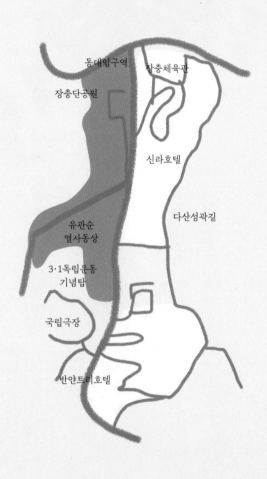

중구 장충동

동대입구역
장충체육관
장충단공원
신라호텔
다산성곽길
유관순
열사동상
3·1독립운동
기념탑
국립극장
반얀트리호텔

비 오는 밤,
　　성곽길을

걷게 된다면

가로등에 비치는 빗줄기가 제법 굵다.
바닥은 빗물에 젖어들어 지상의 불빛이
그 길을 따라 빛의 강으로 흐르는 것 같다.
비 오는 밤을 산책하려니 감회가 새롭다.

장충체육관 앞은 내가 매일같이 지나다니는 길이다.
체육관에서 횡단보도를 건너
왼쪽으로 올라가면 어디에 닿을까,
차 안에서 눈길로 좇으며 늘 궁금해하기만 했다.

우산 하나 달랑 들고 길을 나서본다.
조선 시대 태조, 세종, 숙종, 고종이 축조, 수축, 개축을 통해
시간으로 켜켜이 축성한 한양도성 바깥길이다.

높은 성곽을 지척에 두고 걷는 다산성곽길.
비가 추적추적한 밤이어서인지 인적이 거의 없다.

우산 아래로 빼곡히 들어차는 빗방울 떨어지는 소리,
성곽의 시간을 세며 돌길을 찰박찰박 내딛는 소리……
소리소리마다 귀가 열린다.
한밤엔 귀에 닿는 모든 소리가 새삼 감미롭다.

비 오는 밤, 성곽길을 걷게 된다면
모든 감각을 밤의 소리에만 열어보기를.
비와 숲과 내가 만나는,
짙은 풀 내음을 닮은 그 감미로운 소리에.

성곽과 동네 사이 좁은 돌길을 한참 걷고 나니
예상치 못한 곳에 작은 가게가 열려 있고
공방의 불빛도 새어 나온다.
동네로 내려가는 계단도 곳곳에 가파르게 열려 있다.
골목으로 이어지는 계단만 발견하면
이상하게 반사적으로 이끌린다.
성곽길을 제법 많이 올랐는지 그 계단들 끝에서는
밤하늘이 코앞이다.

무성한 수풀이 넘나드는 어느 계단에는
디딤판마다 만개한 베고니아 화분들이 놓여 있다.
어두운 빗속에서도 베고니아의 다홍빛은 퇴색하지 않는다.
빗방울이 맺힌 작은 꽃송이들을 어루만져본다.
어떤 마음으로 화분들을 여기에 내놓으셨을까.
다정한 마음 씀씀이에 가슴이 뭉클해진다.

계단 초단에서 골목 어귀만 살짝 들여다봤다.
이끼 얹힌 지붕, 골목으로 가지를 뻗은 마당의 나무,
담장 아래 풀포기,
홀로 골목을 밝히고 있는 대문 설주의 등불……
그야말로 감동적인 골목이다.
시간과 일상만이 만들어낼 수 있는 최고의 건축이다.

'베고니아꽃 계단'을 다시 올라
멀리 불 밝힌 방들을 내려다본다.

심야 라디오 DJ로 활동하던 시절
한 번씩 마음이 짜릿해지는 순간이 있었다.
모두가 잠든 고요한 밤,
어딘가 불 켜진 방에서 누군가 내 목소리를 듣고 있겠구나,
생각하면…… 그게 참 기분이 묘했다.

여기 이렇게 서서 수많은 방을 내려다보고 있으니
그때와 비슷한 기분이 든다.
다들 뭐 하고 있을까?
김치찌개로 늦은 저녁을 먹는 이도 있을 것이고,
엄마한테 안 잔다고 혼나는 아이도 있겠지.

수천 개의 불빛엔 그만큼의 이야기가 일렁이고 있다.

야경 속에 내가 있는 것 같아.
야경을 걷고 있는 느낌.

일상의 온갖 남루한 것들이
밤이 되면 어렴풋해져.

밤의 거리는 참 묘하다.
청각과 후각을 예민하게 깨우는 대신
시각은 절반쯤 잠재우는 시간.

훤한 대낮에는
일상의 남루한 편린까지 적나라하게 드러나지만
밤이 되면 그런 것이 전부 어렴풋해진다.

예쁜 것만 보이는 안경을 우리에게 씌우는지
밤에는 모든 것이 다 예뻐 보인다.
한밤의 당신도, 이곳도 말이다.

작은 숲을 빠져나와 조금 더 걸으니 국립극장이 나왔다.

여기는 강남과 강북을 연결하는 통로여서
차들이 줄을 지어 지나다닌다.
나 역시 2만 번도 더 지났던 길인데,
걸어보는 건 처음이다.

인스타그램에 찍어 올리기 딱 좋은
국립극장 아치 길을 지나
3·1독립운동기념탑과 유관순 열사 동상 앞에서
발길을 붙잡혔다.

어느새 비가 멎었다.
풀숲, 밤의 그늘에서 다시 들려오는
매미 소리와 풀벌레 소리가 굉장하다.

우리는 여기를 몰랐던 거야.

걸어보지 않았으니까.

장충단 공원에 도착해서 그 유명한 수표교를 건너본다.
한양의 홍수를 막기 위해
세종대왕이 청계천에 처음 놓았다는데
청계천 복개 공사로 이곳에 옮겨졌다.
1420년에 세워졌으니 수표교의 나이는 600살이 넘는다.
다리 밑 물길도 어둠 속에서 물소리로 여전히 흐르고 있다.

사실 나는 이 공원 앞에 있는
서울에서 제일 오래된 빵집인 태극당까지만 여러 번 왔다.
거기 사라다빵과 모나카 아이스크림이 맛있다는 것만 알았지,
수표교를 건너볼 생각은 한 번도 못했다.

그러니까 나는 장충동을 몰랐던 거다.
한 번도 걸어보지 않았으니까.

직접 걸어야만 비로소 그 길을 알게 되고,
천천히 걸어야만 보이는 풍경이 있다는 걸
밤을 걷는 내내 깨닫고 또 깨닫는다.

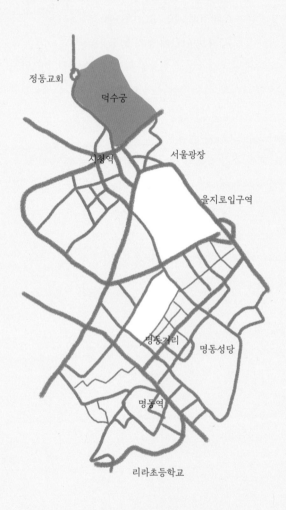

중구 명동

정동교회

덕수궁

시청역

서울광장

을지로입구역

명동거리

명동성당

명동역

리라초등학교

우리,
명동 산책

갈래?

'명동' 하면 서울예대가 제일 먼저 떠오른다.
동엽이 형, 재욱이 형, 재석이…….
내 친구도 많이들 다녀서 자주 놀러 오곤 했다.
예술에 대한 열정으로 가득했던 이 골목은
돈 없는 청춘을 위해 싸게 장사하던 술집이 아주 많았다.

30년 만에 다시 찾은 명동은 많이 아기자기해졌다.
건물 간판이며 벽이며 조금의 빈틈도 없이
만화 캐릭터 조형물들이 장식되어 있다.
추억의 캐릭터들로 특화되어 있는 이 거리의 이름은
'재미'있는 거리, '재미로'다.

라바, 스푸키즈, 뽀로로, 또…….
대부분의 캐릭터가 낯설기만 하다.
내가 어릴 때 보던 명랑 만화는
『꺼벙이』(길창덕)와 『로봇 찌빠』(신문수) 같은 것들이다.

번화한 큰길에서 벗어나 한적한 뒷길로 올라갔다.
명동에 이런 뒷골목이 있었던가.

'명랑 골목'이라 쓰여 있는 어느 담벼락,
담쟁이덩굴로 무성하게 덮여가는 그 아래에서
드디어 '맹꽁이 서당'과 '로봇 찌빠'를 찾았다.
'고인돌' 아저씨는 여전히 헐벗은 채 계시고,
'철인 캉타우'는 자기 철퇴를 부순 적에게
정의의 주먹을 내지르고 있다.

담쟁이덩굴을 일일이 들춰가며
추억 속 주인공들을 찾고 있자니
꼭 보물찾기를 하는 것만 같았다.
어릴 적에 소풍 가서 보물찾기를 할 때는
나만 하나도 못 찾았는데 이날은 운이 좋았다.

유년기의 추억으로 가득한 명랑 골목을 빠져나와
명동 한복판으로 이어지는 듯한 계단을
하나씩 밟아 내려간다.

왠지 좀 서글퍼진다.
맹꽁이 서당에 다니는 말썽꾸러기 학동들은
내 기억 속 모습 그대로 여전히 주름 하나 없고,
어쩌면 이젠 고인돌 아저씨도 나보다 어릴지 모른다.

이 계단을 다 내려가 저 모퉁이까지 돌아 나가면
그리운 유년기를 영영 뒤로한 채
청년기, 장년기……로 훌쩍 들어설 것만 같다.

만약 지금 여기를 산책한다면
명동을 자세히 볼 수 있는 기회일지도.

몇 걸음 걸었을 뿐인데 모던 시티가 눈앞에 펼쳐졌다.

그런데 명동이…… 내가 알던 명동이 아니다.
모습은 그대로인데 이곳을 가득 채우던 사람들이 없다.
지금쯤이면 퇴근한 사람들로 한창 붐빌 시간인데.

어릴 적에 허무맹랑한 상상을 해본 적이 있다.
'백화점에 나만 혼자 남겨지면 어떤 기분일까?'
사람들이 모두 사라진 '명동'이라는 백화점에서
나만 혼자 걷고 있는 듯한 느낌이다.

어쩌면 지금이 명동을 자세히 들여다볼 수 있는
유일한 순간일지도.

인적 드문 명동 거리를 찬찬히 살피며 걸어본다.
도시의 화려한 불빛 속에서 나무가 자꾸 눈에 띈다.
온통 사람밖에 보이지 않던 자리에
커다란 나무들이 가지마다 무성한 잎을 달고 서 있다.
사람이라는 꺼풀이 한 겹 벗겨지자
그 너머의 풍경이 비로소 눈에 들어온다.

명동성당의 뾰족한 첨탑과 시계 불빛을 뒤로하고
통행금지 안내판 앞 계단에 걸터앉아
명동 거리를 오래도록 바라보았다.

사람은 드물고 불빛은 여전히 화려하다.
불빛은 일상이 끈질기게 이어지고 있다는 증거,
힘든 시기에도 성실하게 살아내고 있다는 분투의 흔적이다.
그럼에도 불구하고, 우리는 살아야 하니까.

코리아극장이 있던 자리로 발걸음을 옮겼다.
〈여전히 아름다운지〉라는 노래가 수록된
토이 4집 앨범 재킷 사진을 코리아극장 앞에서 찍었었다.
그 시절에 대유행한 영화 〈약속〉 포스터 앞에서
젊음의 패기로 조금이라도 멋져 보이도록
한껏 분위기를 잡았는데
이젠 그때처럼 잔뜩 폼을 잡아봐도
눈만 게슴츠레해질 뿐이다.

토이 4집에 같이 수록된 〈A Night in Seoul〉도
명동을 모티브로 작곡한 연주곡으로 화려하기 그지없다.
여느 크리스마스 때 명동의 밤거리처럼……
이 거리도 다시 그때의 생기로 화려하게 칠해지기를.

빌딩 숲을 지나 시청 앞 서울광장까지 내처 걸었다.
탁 트인 광장에도 인적이 뜸하기는 마찬가지지만
드넓은 잔디밭에 연인들이 드문드문 사랑을 속삭이는 풍경에
미소가 절로 지어졌다.

걸음을 재촉하니 어느덧 덕수궁 돌담길.
바닥 조명으로 궁궐 돌담이 환히 밝혀진 길에서
손가락 하나만 느슨하게 걸고
산책하는 연인이 나를 스쳐갔다.
나는 이런 게 그렇게 떨릴 수가 없다.
서로의 손을 빈틈없이 꽉 잡는 것보다
새끼손가락만 헐렁하게 걸고 다닐 때.

덕수궁 돌담길은 눈 내리는 겨울,
연인과 같이 걷기에 낭만적인 거리다.
긴 오버코트를 입고 걷다가 여자 친구의 차가운 손을
내 코트 주머니에 슬며시 넣어주는 거다!
상상만으로도 설렌다.

부러우면 지는 걸데…

졌다.

생각해보면 '명동'과 '산책'은
어딘지 부자연스러운 단어의 조합이다.

"우리 덕수궁 산책 갈래?"는 자연스러운데
"우리 명동 산책 갈래?"는 뭔가 어색하다.
늘 인파에 떠밀리며 걸어야 하는 명동 한복판을
그저 '거닐기' 위해 찾는 사람이 이제껏 있었을까?

참 낯설고 특별한 명동을 만났다.
오늘 밤은 누구에게든 이렇게 말해보고 싶다.

우리, 명동 산책 갈래?

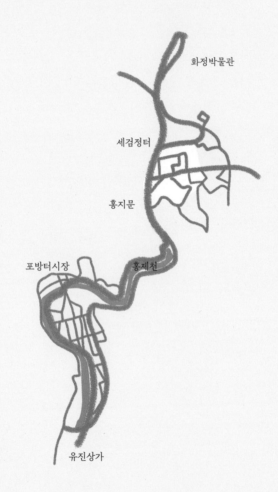

홍제천

화정박물관

세검정터

홍지문

포방터시장　　홍제천

유진상가

엄마에게
　걸음으로 부치는

밤 편지

이제 밤바람도 제법 시원해지고 밤공기도 상쾌해졌다.
밤을 걷기 시작한 이래로 가장 좋은 날씨다.

홍제천이 흐르는 이 동네는
나에게 조금 특별한 의미가 있는 곳이다.
어머니가 지내는 동네이기 때문이다.

백일홍과 루드베키아, 코스모스가 만발한 홍제천에서
물이 맑게 흐르는 소리가 올라왔다.
그런데 걸음을 옮길 때마다 그 소리가 점점 커지더니
급기야 콸콸거리기 시작했다.

어둠 속에서 귀를 활짝 열고 물소리를 따라갔다.

동네 골목과 골목을 더듬는 동안

물소리가 약해지고 강해지기를 반복하더니

어느 좁고 가파른 계단을 오르자

밤의 폭포 소리가 귓속으로 세차게 쏟아지기 시작했다.

서울 주택가 한가운데에서 작은 폭포가

이끼 낀 바위를 타고 힘차게 쏟아져 내렸다.

백사실 계곡에서 흘러내려온 이 맑은 물줄기는

주택가 땅밑을 지나 세검정터께에서 홍제천으로 합수한다.

여름휴가가 따로없네.

오늘은 물 따라서 쭉 가보자.

©kakaoTV

난간에 몸을 기대고 가만히 콸콸콸, 물소리를 듣는다.
세상을 향해 뜨겁게 일렁이던 마음의 파랑이
온통 시원한 물소리뿐인 어둠 속에서 잦아든다.
부지불식간에 세상과 잠깐 거리를 두게 된 바로 이 순간이
올해 나의 늦은 여름휴가다.

물길을 따라서 걸어야겠다.
달도 둥글다.

만월은 물 위를 걷고,
나는 그 곁을 따라 걷는다.

물길 따라, 달 따라 걷기를 얼마간,
마침내 건너편으로 너럭바위 위에 세워진 세검정이 보였다.

세검정은 요샛말로 조선시대 '핫플'이었을 것이다.
비 온 뒤 이곳 정자에 앉아
콸콸 쏟아지는 계곡물을 구경하는 것이
선비들의 '핫한' 놀이 중 하나였다고 하니,
풍류 좀 아는 '조선 셀러브리티'들이 죄 여기로 모여들었으리라.
달빛 아래 시조도 읊고 술잔도 기울이면서.

지금은 인근이 모두 개발되어
옛 경치가 거의 남아 있지 않지만,
그때 그들을 비추던 달만큼은 여전히 정자 위로 교교하다.

83

세검정터를 지나 홍제천을 따라 더 걸었다.
지금 어머니가 지내는 곳이 여기서 지척이다.
홍제천 밤길을 걷기로 하고 나설 때
제일 먼저 떠오른 사람이 어머니였다.

요양원에 계신 지 오래된 어머니에게 물었다.
"제일 하고 싶으신 일이 뭐예요?"
어머니는 요 근처 인왕시장에 가서
과일을 사고 싶다고 하셨다.

재래시장에 가서 과일 한 알 사는, 그 아무것도 아닌 일이
누군가에게는 가장 간절한 소망이자
가장 큰 행복일 수도 있는 것이다.

누군가에게 행복은…

재래시장 가서 과일 한 알
사는 일이기도 하더라고.

여기는 생각이 많은 사람,
지친 사람이 위로받기 좋은 길 같아.

©kakaoTV

홍제천을 계속 따라 걷다가 낯선 풍경과 맞닥뜨렸다.
불빛 속에서 웬 아주머니가 두 손을 합장한 채
벽을 향해 연신 허리를 숙이며 빌고 있었다.
깊은 밤, 그 앞을 드물게 지나는 사람들도 한 번씩 합장을 한다.

암벽에 거대한 마애보살좌상이 하얗게 부조되어 있다.
붉은 꽃무늬 보관을 쓴 백불은 붉은 귀고리도 달고,
붉은 목걸이도 걸고, 붉은 팔찌도 차고 있다.
그 아름다운 옥천암 마애좌상이 부드러운 눈길로
자신에게 기원하는 중생을 그윽하게 내려다본다.

가슴께에 모아 올린 두 손의 마디마디마다
깊은 고민과 애타는 시름과 절실한 바람이 박혀 있을 것 같다.
간절하게 기도하는 이들의 마음에
부디 백불의 위로가 아로새겨지기를.

홍제천 산책로는 '시간'이라는 큐레이터가
물길 따라 위로받으며 걷도록 마련해둔 길 같다.
자연과 역사의 전시물들을 지나고 나면
어느새 하류로 접어들게 된다.

홍제천의 유속이 느려지고 물소리가 잦아든다 싶을 때,
멀리 낡은 유진상가가 눈에 들어왔다.
1970년에 최고급 주상복합건물로 지어졌지만
이젠 시간을 이기지 못하고 퇴색해버렸다.

홍제천의 물길이 이어지는 그 하부에는
기둥 백여 개가 떠받치고 있는데
예전에는 그곳으로 사람이 다닐 수 없었다고 한다.
막혀 있던 길이 지금은 물길 따라 열려 있다.

색색의 빛이 지하의 음산한 어둠을 밝히고
물결을 따라 일렁이며 흐르는
빛의 미술관, 빛의 통로였다.

초입에 놓인 나무 마니차엔
천 명의 소중한 마음이 엮여 있다.
그 마음들이 세상을 아름답게 밝히는 빛이 되기를 바라면서
한 손으로 마니차를 돌려본다.

뜻밖의 눈호강에 혼이 나가 있는데 느닷없이 빛이 사라졌다.
빛의 미술관은 밤 10시에 문을 닫는다고 한다.

돌아오는 길, 인왕시장에 들렀다.
늦도록 열려 있는 과일가게 사진을 찍어
어머니에게 보내드렸다.

어머니가 좋아하는 동네를 내내 걸은 밤.
이날 나의 걸음걸음은
어머니에게 부치는 밤 편지였음을 고백한다.

관악구 청림동

숭실대학교

현대아파트

봉천고개

청림동
주민센터

사당자이
아파트

관악
푸르지오
아파트

까치산
근린공원

관악파크
푸르지오
아파트

길은 언제나
삶을

가로지른다

대학 시절에는 숭실대 앞을 지나가는 이 길로 항상 통학했다.
30여 년 사이에 깔끔하게 정비된 인도를 따라
봉천고개를 올랐다.
고갯마루에 올라서니 눈앞으로 낯선 아파트숲이 펼쳐진다.

작은 집들이 다닥다닥 붙어 있던 자리였다.
기억 속의 집들은 온데간데없고
골목길도 너무 넓어져서 당황스럽기만 하다.

대학 시절, 학교 근처에서 술을 마시다
자주 신세를 지곤 했던 선배의 반지하 자취방도
이제는 추억 속에서만 존재할 뿐이다.
반듯반듯한 대로와 우뚝 솟은 아파트 단지 사이에서
내 눈은 자꾸만 옛 흔적을 찾는다.

그래도 아직 개발되지 않은 주택가가 조금은 남아 있었다.
발걸음은 자연스레 그곳으로 이끌렸다.

어느 막다른 골목을 기웃거려본다.
넘어지면 코 닿을 듯 작고 좁은 골목 안쪽에는
비닐 장판을 깔아 만든 평상이 낮게 놓여 있고,
서로 마주한 집들은 늦은 밤에도
모두 대문을 활짝 열어놓았다.
그 골목의 소박한 화분 몇 점과 파란 물뿌리개가 정겹다.

이 순박한 골목은 허름한 평상 하나로
골목 사람들끼리 경계 없이 오순도순 너나들이하는
'작은 광장'인 것이다.

마음을 열어두기 좋은 밤이다.

열린 대문처럼 마음을 열게 만드는 골목.
모퉁이를 돌아 나오는데 분꽃 천지다.
한밤에 골목길 화단이 분홍빛으로 차올랐다.

꽃송이들이 만개한 자리마다
내 마음도 열린 그대로 활짝 피어난다.

이 골목, 저 골목을 기웃대다
작은 구멍가게 앞에 멈춰 섰다.
낡은 간판에 적힌 이름이 무려 '국민수퍼'다.

백열등이 밝히고 있는 '국민수퍼'를 그냥 지나칠 수야 없지.
음료를 하나 사면서 얼마나 오래된 가게인지 물었더니
주인 할아버지가 데면데면 대답하신다.
"오래된 정도가 아니오. 엄청 오래됐지."

엄청 오래된 슈퍼 앞에도 평상은 놓여 있었다.
잠깐 앉아도 되냐고 묻자 할아버지는
여전히 데면데면한 투로 말씀하셨다.
"마음대로 앉으쇼. 무기한 앉으쇼."

'무기한' 대여한 국민수퍼 앞 평상에 한동안 앉아 있었다.
요즘에는 부쩍 귀해진 전봇대가 눈에 들어왔다.
어릴 적엔 전봇대 하나만 있으면
그곳이 온 동네 아이들의 놀이터가 되곤 했다.

슈퍼 앞에 캡슐 뽑기 기계도 여러 대 있다.
아이처럼 키를 반으로 접어서 무엇을 뽑아볼까 고르다가
'마스크 스트랩' 뽑기 기계에 동전을 넣고 실없이 돌려본다.
국민수퍼에서 장만한 리본에 마스크를 걸고서
다시 길을 나선다.

그동안은 야경을 차경(借景)하여 그사이를 걸어왔다면,
여기서는 삶의 한가운데를 걷고 있는 기분이다.

길은 언제나 삶을 가로지른다.

옛 골목을 빠져나오자 곧이어 아파트 사이로 조성된
보행자 전용 산책로가 이어져 있다.

늦은 시각에 밤길로 나선 이들이 제법 많다.
혼자 걷는 사람, 같이 걷는 사람, 가볍게 조깅하는 사람,
아빠가 끌어주는 킥보드에 앉아서 한껏 신난 아이,
주인이 잠깐 자리를 비운 벤치에서
의젓하게 기다리는 강아지…….

여행을 갈 수도 없고 누군가를 만나기도 어려운 시대에
이런 산책은 조금이나마 우리 숨을 틔워주는 행복이 되었다.

모두가 따로 또 같이 걷고 있는 이 길, 이 순간이
그동안은 당연하게 여기기만 했던 일상이
마냥 소중하게 느껴지는 밤이다.

보행자 전용 산책로가 끝날 즈음,
까치산 숲길로 올라가는 입구가 나타났다.
예기치 않게 호젓한 흙길을 타박타박 걷게 됐다.

코앞이 아파트 단지인데
수풀이 우거진 까치산으로 들어오자
단지 몇 걸음 만에 어둠의 농도가 달라지더니
시골인 듯 진한 풀 냄새가 진동하고
풀벌레가 사방에서 울어댄다.

좁은 흙길로 이어지는 숲길을 따라 걷고 있자니
옛 선비가 과거 치르러 가던 길도
딱 이렇지 않았을까 싶어 웃음이 비어져 나왔다.

갑자기 시골에 온 것 같아.

여긴 2인 1조로
오기 딱 좋은 코스다.

한창 걷는데 숲길이 예고 없이 끝났다.
대신 아파트 단지와 주택가 사이로 내려가는
나무 데크 길이 널찍하게, 그리고 아주 길게 뻗어 있다.
이보다 버라이어티한 산책길이 있을까.

걸어보지 않으면 알 수 없는 삶의 풍경이 너무 많다.
아득한 풀벌레 소리,
수묵으로 그려 넣은 듯한 밤의 능선……
어두워져야만 듣고 볼 수 있는 자연의 풍경.
밤의 거리만이 줄 수 있는 선물이다.

하루의 끝자락이 문득 쓸쓸하다면
무작정 외투만 걸치고 거리로 나서보기를.
익숙하고 가까운 동네를 나풀나풀
한 바퀴 걸어보는 것으로 충분하다.
밤은 언제나 뜻밖의 풍경을 준비해둘 테니.

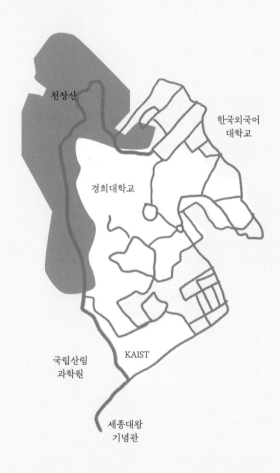

동대문구 천장산 하늘길

천장산

한국외국어
대학교

경희대학교

국립산림
과학원

KAIST

세종대왕
기념관

산도 인생도,
잘 내려가는 것이

중요하다

천장산의 나무들이 거리로 마중 나왔는지
가로수의 나무줄기가 하나같이 우람하다.
국립산림과학원까지 있으니
숲도 분명 아름드리나무들로 울창할 것이다.
나무 울타리를 초록빛으로 덮어가던 담쟁이덩굴은
가을을 만나 발갛게 물들고 있다.

국립산림과학원의 담쟁이덩굴 울타리를 따라
발을 막 디딘 듯한 가을을 느끼면서 잠시 걸었더니
어두운 숲으로 좁다랗게 올라가는 나무 계단이 보였다.

'천장산 숲길 입구.'

풀벌레 소리가 들려오고
난간에 설치된 등불이 발밑을 어슴푸레 비춘다.

두 사람이 나란히 걸으면 꽉 들어찰 듯한 나무 데크가
숲을 해치지 않고 나무를 건너뛰면서
오르락내리락, 굽이굽이 이어진다.

얼마 걷지 않은 것 같은데
불규칙적으로 굽이치는 나무 계단을 오르내리느라
숨이 금세 헉헉 차올랐다.
어둠 속에 넌지시 자리한 대숲 사이를 걸으면서도
그저 거친 호흡을 몰아쉬기 바빴다.

이 길은 언제쯤 끝날까.
도중에 샛길도 전혀 없는 데다가
이만큼 온 길을 되짚자니 애매하다.
계단 입구에 무작정 오르기 전에
도보로 얼마나 걸리는지 확인해봐야 했다.

온몸이 땀으로 젖어들고, 헛웃음이 나온다.
결국 벤치에 주저앉고 말았다.

살다 보면 때때로 돌이킬 수 없는 순간과 맞닥뜨린다.
그럴 때는 힘들어도 잠깐 쉬었다가
다시 앞으로 나아갈밖에 다른 도리가 없다.
그냥 그렇게, 순리대로 이리저리 떠밀리다 보면
어딘가에는 도착하게 된다.

내 인생에도 그런 순간이 있었다.
대학교 1학년에 어느 녹음실에 막내로 들어갔을 때였다.
녹음실에서 같이 먹고 자던 엔지니어 정오 형이
어느 날 갑자기 말했다.

"우리도 음악 한번 해볼래?"

이 말을 들은 순간부터 '돌이킬 수 없는' 삶이 시작됐다.
내가 지금 막 걸어온 길처럼,
인생에도 샛길은 별로 없다.

밴드 이름은 윤정오와 유희열,
우리 두 사람의 이름에 모두 들어가는
첫 이니셜 Y를 따서 Two Y, TOY로 정했다.
프로젝트 그룹 '토이'는 이렇게 시작됐다.

그때 우리가 만든 음악을 듣고서
승환이 형과 종신이 형이 곡을 달라고 먼저 연락해왔고,
그 후로는 전속력으로 질주했다.

그때는 내가 이렇게 될 줄 정말 상상도 못 했다.
이렇게 인기 비주얼(!) 스타로 거듭나게 될 줄은.

인생에도 샛길이 별로 없어.

©kakaoTV

샛길 없는 길을 따라
계단을 차곡차곡 밟아 나아갔더니
어느새 그 길은 끝나고 홍릉숲에 이르렀다.

만만치 않은 인생 제2막처럼
이제는 널찍한 오르막 흙길이 가파르게 펼쳐져 있다.
걷잡을 수도, 돌이킬 수도 없는 길을 다시 힘내서 걷는다.
여기가 마지막 도착지는 아니니까.

사람들이 나를 알아보고 반가운 인사를 건네왔다.
언제쯤 끝날지 알 수 없는 오르막을 오르느라
힘들어죽을 것 같았는데 고마운 응원들에
예쁜 줄 몰랐던 길이 예뻐 보이면서 한결 힘이 났다.

시원한 바람 한 줌에 기분 좋게 가쁜 숨도 고르면서
그렇게 해발 140미터…… 응? 뭐라고?
……뭐 아무튼, 천장산 정상에 도달했다.

140미터밖에 안 된다고?

···창피하다.

115

다 올라왔으니 이제는 잘 내려갈 차례.

천장산을 내려가는 계단을 하나씩 밟으면서
멀리 바라보자 어두운 숲 너머로
불빛마다 물감으로 빛점을 찍어놓은 듯한
서울의 야경이 점점 넓게 들어왔다.

산길을 올라올 때는 전혀 보이지 않던 풍경이
내려가는 길에야 눈에 들어온다.

인생도 그렇다.
위만 보며 아등바등 오를 때에는
주변이 아무것도 보이지 않는다.

그렇지, 인생 기 쓰고 올라갈 땐
아무것도 안 보이지.

나무 데크가 깔린 계단을 내려가며

옛 매니저 형과 나누었던 이야기가 생각났다.

"우리, 잘 내려가자."

아, 사실은 '있어' 보이려고 이렇게 표현했다.

"멋있게 추락하자."

같은 길이어도

오르막을 걸을 때와 내리막을 걸을 때가 전혀 다르다.

오르막길에서는 두 발에 힘주고 숨이 차오르면

땀도 식혀가면서 쉬엄쉬엄 갈 수 있지만,

내리막길에서는 내 의지와 상관없이

누가 뒤에서 등을 툭툭 미는 것 같다.

산도, 인생도,

오를 때만큼이나 잘 내려가는 것이 중요하다.

사뿐히 내려앉는 낙엽처럼,

나에게 맞는 자리에 무사히 이를 때까지.

인생에서도
잘 내려가자.

바람이 불어온다.
고요한 밤의 숲을 스치는 바람결에
나뭇잎도 어둠도 천천히 나부끼는 소리 속에서
마지막 계단까지 내려섰다.

그곳에 숲속 작은 도서관이 있다!
꼬마들이 관리하는 작은 텃밭들도
도서관 마당 한쪽에 나란히 놓여 있다.
텃밭마다 아이들이 꾸민 팻말들이 꽂혀 있다.
귀여워서 웃음이 마구 새어 나온다.

밤 산책을 하고 나면 늘 기분이 좋아진다.
이 기분에 조금 더 정확한 이름표를 달아주고 싶다.
'몽실몽실'하다. 참 몽실몽실한 산책길이었다.

행촌동 ~ 송월동

독립문

권율장군
집터

홍난파
가옥

경희궁

돈의문
박물관 마을

서울역사
박물관

도시의 혈관이
지나는

골목에서

환히 밝혀진 독립문 사이로 사람들이 오가고 있다.
밤의 독립문은 시간 여행자들의 비밀 통로가 아닐까?
밤 산책을 하고 있으면 엉뚱한 상상을 유독 많이 하게 된다.

독립문 앞 사거리를 대각선으로 가로질렀다.
어릴 적 친구들이 많이 살던 동네라 제법 익숙할 줄 알았는데
변해도 너무 변했다.
아파트 단지들을 끼고서 언덕길을 조금 더 오르니
기억 속의 주택가가 눈에 들어왔다.
조금 편안해진 마음으로 어느 오래된 골목에 접어들었다.
집집마다 나무들이 어찌나 크고 우람한지
예사롭지 않은 나무들을 올려다보느라 고개가 절로 젖혀졌다.

가까이서 본 건 처음인데
되게 멋있다.

어느 골목의 끝에서 어마어마하게 큰 은행나무와 마주쳤다.
밑줄기만 해도 대여섯 아름은 되어 보인다.
'행주대첩에서 승리를 거둔 권율 도원수 집터'라고
표석에 쓰여 있다.

수령만 해도 족히 460년은 넘었다고 한다.
권율 장군이 떠난 자리에서 그가 심은 거목이
그토록 오랜 시간 이 동네를 지켜온 것이다.
각각이 나무 한 그루처럼 보이는
큰 가지를 대여섯 가지나 이고서.

동네 어르신이 곁에서 설명하기를,
첫서리가 내리면 수북이 떨어진 은행잎으로
온 골목에 푹신푹신한 '황금 융단'이 깔린단다.

숱하게 다니던 동네인데 어릴 때는
은행나무가 눈에 전혀 들어오지 않았다.
나도 이제 나이가 들어서
무상한 세월을 길디길게 견뎌온 것들이
보이기 시작하나 보다.

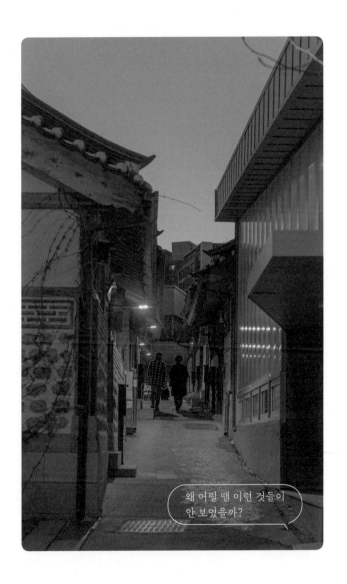

왜 어릴 땐 이런 것들이
안 보였을까?

여물어가는 가을을 실감하며 행촌동 성곽 마을로 걷다가
따뜻한 불빛이 반겨주는 카페를 만났다.

오래된 동네를 걷다가
이런 카페가 보이면 왠지 고마운 마음이 든다.
마치 예전 허름한 내 방에
누군가 예쁜 스탠드를 하나 가져다놓은 것 같아서.

손님이 좀 들어야 할 텐데…… 아무도 없다.
따뜻한 불빛이 다하지 않도록 나라도 손님이 되어야겠다.
가게로 들어가 아이스 커피를 주문하자
주인아주머니가 '스타'라고 아는 척해주신다.

내 입으로 나를 '스타'라고 농담하는 건 아무렇지 않은데
다른 사람이 그렇게 불러주니 되게 민망하다.

커피 한 잔을 들고 조금 더 걸었더니
온통 담쟁이덩굴로 덮인 붉은색 벽돌 건물이
환한 조명 속에 나타났다.
아름답고 고풍스러운 이 집은 홍난파 가옥이다.
밤길을 걷다가 역사의 한순간을 또 스치게 된 것이다.

왜 어린 시절의 나는
이 동네에 볼 게 하나도 없다고 생각했을까?
그때 나는 무엇을 보고 있었을까?

참 신기하게 낯설어.

내가 정말 잘 아는
동네라고 생각했는데.

한양도성 성곽길을 일부 끼고 있는
월암근린공원을 지나 아래로 한참 걸었다.

내가 자주 먹으러 왔던 '문화칼국수' 자리에
새로 지은 한옥들이 옹기종기 모여 있다.
'돈의문 박물관 마을'이다.
복원된 한옥들 사잇길로 들어가니
유독 환하게 밝혀진 광장이 넓게 나오고,
하얀 천막, 주렁주렁한 백열전구 아래로
파라솔 테이블과 의자들이 정연하게 놓여 있다.

차로만 이곳을 지나다니는 사람들은
한옥 골목 깊숙이 이런 쉼터가 있는지 전혀 모를 것이다.
역시 골목은 걷지 않으면 아무것도 알 수 없다.

차로만 다니면 여기 이런 게
있는지 아무도 모를걸.

오래된 반짝임을 따라서 시간의 틈새를 걷다가
'돈의문 구락부'도 발견했다.
구락부(俱樂部)는 '클럽'을 한자로 음역한 것이다.
요샛말로 하면 근대 사교의 장, 즉 서대문 클럽이다.

'새문안극장'도 복원되어 있다.
〈맨발의 청춘〉과 〈고교 얄개〉가 여전히 상영 중인지
극장 간판에는 옛날처럼 똑같이 그림으로 그려져 있다.
특히 배우 이승현과 김정훈은
63년생인 우리 형 덕분에 알게 된 청춘의 상징들이다.
'조름이 오면 팟딱 깨어 불 먼저 끄고 자자.'
추억의 옛 표어도 어느 벽 귀퉁이에 정겹게 붙어 있다.

어떤 공간이 통째로 개발되어버려도
한두 가지는 옛것 그대로 남아 몇 가닥의 기억을 간직해간다.
돈의문 박물관 마을은 그런 기억의 혈관이다.

경희궁의 정문인 '흥화문'까지 더 걸었다.
흥화문이 야밤에도 활짝 열려 있다.
경희궁은 서울에 있는 5대 궁궐 중에서
유일하게 24시간 무료로 개방하고 있다.

가로등이 드문드문 세워져 있지만
어둠이 짙게 내려앉은 궁궐의 밤으로 들어갔다.

와 — 아

이 시간에
궁궐이라니.

경희궁 산책로를 따라 가장 높은 언덕에 올라서니
화려한 불빛의 빌딩 숲을 배경으로
어둠 속에 엎드려 있는 궁궐의 기와가
유구한 시간의 파도를 타고 물결쳤다.

경희궁 숭정전 섬돌 맨 위에도 올라
허리에 두 손을 얹은 채 우뚝 서서
한밤의 궁궐을 둘러본다.

문득 영화〈마지막 황제〉가 떠올랐다.
어린 황제가 뛰어가면
정전(正殿) 앞뜰에서 품계석에 따라 정렬해 있던
수많은 고관대작 문무관이 어린 발걸음에 맞춰
일제히 몸을 엎드려 절하던 장면 말이다.

이제 왕도, 신하도 없는 자리에서
야밤에 궁궐을 침범한 나만 객쩍게
"무엄하다!"라고
어색한 위세를 한번 부려본다.

©kakaoTV

독립문에서 경희궁에 이른 이날 산책 코스는
시간의 틈새들을 애틋하게 걷는 느낌이다.

'모처럼 서울 구경 좀 해볼까' 싶은 날,
한밤에 서울 관광을 나서기에 너무나 멋진 코스다.

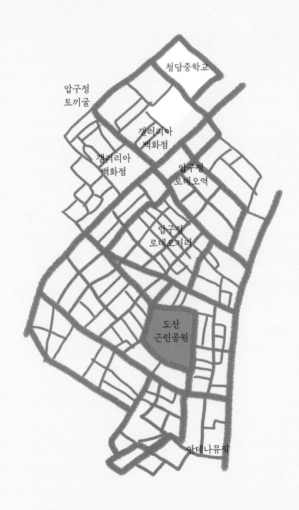

강남구 압구정동

청담중학교

압구정
토끼굴

갤러리아
백화점

갤러리아
백화점

압구정
로데오역

압구정
로데오거리

도산
근린공원

안테나뮤직

산책의 끝은
언제나

집

요즘은 거의 날마다 퇴근을 한다.

적재와 뮤직비디오에 대해 얘기하고,
작업에 대한 고민이 많아진 (권)진아와 면담하고,
어슬렁거리면서 여기저기 쓸데없이 참견 좀 하고 나면
어느새 퇴근 시간.

아직도 불 밝혀진 3층에 세 들어 있는
(네, 저도 열심히 살고 있습니다……)
대한민국 3대(?) 기획사 '안테나' 사무실을 나와
조금 걸으면 호남식당이 있다.
직원들이 자주 이용하는 소박한 백반집이다.

호남식당에서 좀 더 걸어가면

내가 좋아하는 신사까치공원이 나온다.

아주 작은 공원이지만,

나무도 푸르고 야외운동기구가 몇 가지 있어서

보고만 있어도 기분이 가벼워진다.

머릿속이 복잡할 때는

나무 아래에서 몸을 움직이는 것이 최고다.

나의 야외 헬스클럽이랄까.

안테나 사무실에서 바로 왼쪽으로 향하여 횡단보도를 건너고
도산근린공원 정문 앞으로 지나가는 게 내 퇴근길이다.

도산공원 자체는 그리 크지 않지만
노각나무, 배롱나무, 무궁화, 은행나무,
단풍나무, 화살나무……
갖가지 나무가 숲처럼 울창하게 어우러져 있어서
이곳 산책로를 걸으면 기분이 굉장히 좋아진다.
계절마다 다른 빛깔의 잎들과 꽃들이
나뭇가지에서 무수히 반짝인다.
나무의 울울한 기운은 거리에까지 넘실댄다.
의외로 늘 한적한 곳이기도 하다.

내가 좋아하는 길이어서
다른 밤 산책자들에게도 꼭 걸어보라고 권하고 싶다.

도산공원을 끼고 걷다가
오른쪽으로 향하면 압구정 로데오거리다.

도산공원 주변은 한산하지만
로데오거리와 가까워질수록 사람들이 늘어난다.
젊은 감각의 멋진 카페나 레스트랑도 많다.
아무래도 젊은 감각을 추구하는 멋쟁이들이 모여들면
거리도 덩달아 젊어지게 마련.
일단 음악부터 '둠칫둠칫'한다.

그런데 여기 오니 왜 자꾸만 위축되는 기분일까.
분홍 캔버스화라도 갈아 신었어야 했나.
결국 화려한 거리에서 한 걸음 물러나
건물과 건물 사이, 어두운 밤의 그늘로
잠시 피신하고 말았다.

한때는 다들 이런 얘기를 했다.

"압구정 로데오는 끝났다."

나는 그 말이 못내 슬펐다.

아무도 없는 테마파크를 상상하면 서글픈 것처럼.

나에게 압구정 로데오는 '청춘의 테마파크'와 다름없다.

내 인생에서 가장 찬란하게 빛났던

이십 대의 기억들이 아직도 이 거리 곳곳에 남아 있다.

비록 지금 내가 어두운 골목으로 숨어들긴 했어도

이 거리가 다시 생기를 되찾은 것이 퍽 다행스럽다.

결국 도시나 거리가 살아 있으려면
사람들이 걸어 다녀야 해.

사람이 만드는 풍경이 있거든.

거리가 살아 숨 쉬려면

사람들이 걸어 다녀야 한다.

그중에서도 젊은 사람들로 북적여야 한다.

거리를 혈관에 비유한다면

젊은 피가 수혈돼야 하는 것이다.

이 거리에 모여든 젊은이들이

그냥 술 마시며 수다 떠는 것처럼 보여도

그들은 부지런히 무언가를 '하고' 있다.

얼마나 의미 있는 일을 하는가는 별로 중요하지 않다.

그보다 훨씬 중요한 건 그들이 가진 에너지다.

그 에너지가 거리를 살리는 원천이 된다.

마음먹고 다시 젊은이들 사이에 끼어들어보지만
발걸음은 빨라지고,
가방을 움켜쥔 손에는 점점 힘이 들어간다.
그렇게 부지런히 걷다 보니 번화가를 벗어났다.
그제야 마음이 좀 편해지고 웃음도 났다.

여기쯤 아주 오래된 만두 가게가 있었는데
불안하게 좀처럼 보이지 않았다.
인근을 다급히 오간 끝에 아직 같은 자리에
'만두집'이 있다는 걸 확인하고서야
가슴을 쓸어내렸다.

없어졌으면 진짜 울 뻔했다.

내가 이십 대일 때
동익이 형, 필순이 누나, 광민이 형 같은 분들이
만둣국에 소주를 사줬던 데가 바로 여기다.
쉬이 믿기지 않겠지만
그때는 이 가게가 멋쟁이들의 '핫플'이었다.
'압구정 로데오'하면 나는 '만두집'이 제일 먼저 떠오른다.

무얼 하고 있는지는 중요하지 않아.
중요한 건 그들이 가진 에너지지.

나 또한 이삼십 대에는 나름 힙스터 중 하나였다
……고 생각한다(내 입으로 말하기 부끄럽지만).
스쿠터를 타고 이 거리, 저 거리를 활보하면서
나와 닮고 나와 다른 청춘들과 어울렸다.
김지운 영화감독, 상이 형, 종신이 형, 동률이, 적이와
약속 없이 오다가다 마주치기도 하고,
수다를 떨고, 술잔을 기울이고,
밤이 깊어가는 줄 모르고 웃고 떠들던,
그런 시절이 있었다.

그러는 동안 사람이 풍경을 만드는 이곳,
압구정동에서 수많은 음악과 영화가 탄생했고
문화적인 흐름도 만들어졌다.

이 거리는 되살아나 여전히 청춘들로 가득하지만,
더 이상 나의 거리가 아니다.
이제 나는 무서워서 스쿠터도 못 탄다.
그리고 지금 내 손엔 헬멧 대신 통닭이 들려 있다.
어릴 적 부모님이 퇴근길에 사다 주시던
바로 그 전기구이 통닭.

퇴근길은 모든 직장인이 가장 기다리는 길이다.
집으로 돌아가는 익숙한 그 길도 산책이 될 수 있다.

평소에 자동차나 대중교통으로 귀가하던 길을
괜히 한번 걸어보는 것만으로 충분하다.
'맛난 게 보이면 뭐라도 좀 사 갈까?' 생각하며
편안한 마음으로 걷는 일상의 산책 말이다.

이제, 저 모퉁이만 돌면 집이다.
아이가 기다리는 집.

산책의 끝은 언제나 집이다.

©kakaoTV

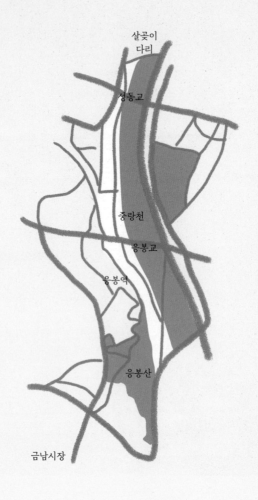

성동구 응봉동

살곶이
다리

성동교

중랑천

응봉교

응봉역

응봉산

금남시장

빛과 물과 가을이
쉼 없이

노래하는 밤

금남시장이 있는 응봉동은
내가 서울에서 정말 좋아하는 동네 중 하나다.
언젠가 우연히 이곳을 처음 들렀을 때
아직도 이렇게 정이 넘치는 곳이 있구나 싶어
마음이 온기로 가득해졌던 기억이 있다.

일단 금남시장부터 가볍게 걸어보기로 했다.
금남시장을 오면 입구부터 정감 어린 풍경과 마주치게 된다.
서울 한복판에서 좀처럼 보기 힘든 광경으로,
길거리 좌판 장사가 아주 활발해서
과일, 채소, 나물, 달걀 등 갖가지 먹거리가 소복하다.

입구부터 훅 느껴지는 시장의 활기.
시작부터 왠지 마음이 들뜬다.

이런 정이 넘치는 마을이
아직도 있나 생각했거든.

걸음걸음마다 맛있는 냄새가 발길을 붙든다.
내가 꽈배기를 엄청 좋아하는데
금남시장에는 내가 정말 좋아하는 꽈배기집이 있다.
'은성보쌈'은 금남시장에서 제일 유명한 집이라
아마 웬만한 사람은 다 알 것이다.
김이 모락모락 올라오는 순대도 있다.
어릴 적에 순대를 너무 좋아해서
순대를 목도리처럼 두르고 다니는 상상을 하곤 했다.
보온도 되고, 배고프면 뜯어먹고.

시장만 왔다 하면 유독 마음이 들뜨는 건
아마도 이런 먹거리들 때문일 거다.

금남시장은 내부가 미로 같아서
이 골목, 저 골목 구경하는 재미가 쏠쏠하다.
'박 바가지'부터 '다라이'까지 없는 게 없는 만물상,
기름집, 방앗간, 건어물 가게, 한복집, 이불집, 작은 식당……
무엇을 사러 와도 추억을 얹어주는 곳.

이 자리에 대형 할인 마트가 들어온다면
당장 편리하기야 하겠지만,
마음 한구석에 자리한
옛 고향이 뜯겨나가는 기분이 들 것 같다.

금남시장을 빠져나와 금호사거리 횡단보도 앞에 서자
멀리 어두운 한강과 동호대교 불빛이 보였다.
금남시장에는 여러 번 왔어도
이 횡단보도를 건너보기는 처음이다.

얼마 걷지 않아 산으로 향하는 나무 계단이 눈에 띄었다.
'성동 응봉산 산책로'라고 쓰인 표지판에
'서울숲과 남산이 연결되는 길'이라는 설명이 덧붙여져 있다.

순간, 천장산 하늘길이 떠올라 아찔했다.
모처럼 '블루보틀' 커피 향 느낌으로 코트도 입었지만,
그냥 지나치기는 아무래도 아쉽다.
도보 1킬로미터밖에 안 된다고도 하고
다행히도 구두는 안 신었으니까.

응봉산이 예쁘다는 이야기를 많이 들어서
한 번쯤 와보고 싶었던 곳이기도 한데……
길가 입구에서 올려다만 봐도 계단이 가파르더라니
금세 숨이 차오르기 시작했다.

그래도 천장산을 걷는 느낌과는 완전히 다르다.
응봉산 산책로는 주로 나무 계단으로 이어지지만
수풀이 계단을 넘나들고
그 끝에 흙길이 나타나기도 하는 등
밤중에도 한결 아기자기하게 느껴지는 길이다.
어느 길섶에서는 하얀 불로화도 송이송이 반겨준다.

1킬로라더니 계단이 끝도 없이 이어졌다.
거친 숨을 몰아쉬며 마지막 계단까지 꾸역꾸역 올랐다.

어두운 나무 그림자 너머로
환하게 밝혀진 팔각정 지붕부터 보이기 시작하더니
마침내 넓고 평탄한 정상이 드러났다.
그리고 오른편으로 고개를 돌리는 순간,
입에서는 연신 탄성이 터져 나왔다.
파노라마 사진처럼 펼쳐진 서울의 야경.
비현실적이다.

서울에서 나고 자랐지만
이런 아름다운 전망은 처음이다.

한강을 가로지르는 교각들의 휘황한 불빛,
강변도로들을 밝히는 무수한 가로등 불빛,
꼬리에 꼬리를 물며 달리는 자동차 불빛,
그리고 한강 너머로 반짝이는 아파트와 빌딩 숲이
아름다운 빛의 궤적으로 어우러진 풍경.
한강은 그 색색의 빛을 전부 끌어안고서
서울의 밤을 노래하고 있었다.

팔각정 계단에는 어느 연인이 앉아서
한강의 노래를 듣고 있었다.
여기까지 어떻게 올라왔느냐고 싱겁게 물으니
그들도 야경을 보러 왔다고 한다.
꼭 잡은 손은 끝까지 놓지 않았다.

서울의 야경 명소를 제법 가봤다고 생각했는데
응봉산은 정말이지 야경 1등, 전망 1등이다!
세계 어디에서도 이런 야경은 만날 수 없을 것 같다.

너른 응봉산 정상을 한 바퀴 돌면
서울숲부터 한강, 중랑천, 남산타워까지
멈춰 서는 곳마다 다른 풍경이 펼쳐진다.

올라온 방향과 반대쪽으로 내려가니
이번엔 오른쪽으로 중랑천이 흐른다.
한 계단, 한 계단 밟는 걸음마다
중랑천 물빛에 서울의 밤이 일렁였다.

이 계단의 끝은 응봉동 어느 주택가였는데
응봉산 산책로 표지판이 따로 보이지 않았다.
한참을 두리번거리다가 길바닥에서 발견했다.
'응봉산 가는 길'이라는 글자가 개나리 문양과 함께
로고라이트로 그려져 있다.

표지판이
바닥에
있었네.

그동안은 나도 모르게
너무 올려다만 보면서 걸었나 보다.
더 밝게 환대하는 마음은
낮은 자리에서 기다리고 있다.

귀뚜라미 우는 소리가 들렸다.
개 짖는 소리에는 깜짝 놀랐다.
돌아보니 백구가 몸을 뻗어 담장 너머로
나를 향해 짖고 있었다.
전철 지나가는 소리도 저 멀리서 들려왔다.

가을이다, 가을.

유유자적 걷기에 딱 좋은 계절이야.

©kakaoTV

도시의 소리들을 벗 삼아 기분 좋게 걷다 보니
중랑천을 끼고 있는 응봉체육공원으로 내려가는 터널이 나왔다.
중랑천 너머로는 성수동이 바라다 보였다.

천변을 따라 갈대밭이 쭉 이어져 있고,
바람결에 가을이 조용히 넘실댄다.
과연, 가을은 산책의 계절이다.

밤의 빛이란 빛은 모두 투영하는 듯한
중랑천 물길을 따라 걷다가 살곶이다리에 이르렀다.
거대한 돌기둥과 널돌을 이용하여
세종이 세우기 시작해 성종이 완성한 이 다리는
조선시대 돌다리 중에서 가장 긴 다리라고 한다.
일부가 훼손됐지만, 540년 전 사람들이 건넜던 돌다리를
아직도 일상적으로 건너서 성수동으로 갈 수 있다니
그저 신기하기만 하다.

살곶이다리에 서서 응봉산을 올려다봤다.
조금 전만 해도 산꼭대기에 있었는데
지금은 물길 한가운데에 있다는 게 믿기지 않았다.

왜 한 번도 여기를 걸어볼 생각을 못 했을까.

이제는 안 하던 짓을 좀 하고 살아야겠다는 생각이 든다.

직접 걸어봐야 마주칠 수 있는 뜻밖의 풍경을

좀 더 많이 보며 살고 싶어졌다.

그러면 낯설고 새로운 풍경들 속에서

또 다른 내 모습을 발견할 수도 있겠지.

길에서든, 인생에서든 그 풍경이

부디 다정한 선물 같기를.

송파구 방이동

올림픽공원
소마
미술관
세계
평화의 문
한성백제역
몽촌토성역
방이동
먹자골목
롯데월드
타워
석촌호수
(동호)
잠실역
매직
아일랜드
롯데월드
석촌호수
(서호)

모든
뻔한 것에는

이유가 있다

은행잎들이 마침내 노랗게 물들었다.
가을이 내 앞으로 샛노란 통로를 열어놓았다.
올림픽공원 도로변의 은행나무길이다.
은행나무는 가지마다 노란 물결이 일렁여야 더욱 눈부시다.
밤도 은행나무의 노란 가을빛을 감추지 못한다.

올림픽공원에만 오면 가슴이 뛴다.
대한민국 뮤지션들에게는 여기가 꿈의 공간이었다.

안테나 소속 가수인 정승환도 여기서 공연한 적이 있다.
첫 공연을 하던 날에 엄청난 인파가 몰린 걸 보고
승환이는 심장이 터질 것 같았다고 했다.
알고 보니 그날 바로 옆에서 BTS 공연이 있었다.
덕분에 승환이는 '아, 이 많은 사람이 다
나를 보러 온 건 아니구나' 깨닫고
편안한(?) 마음으로 공연할 수 있었다.

은행나무길을 따라 공원을 계속 끼고 걷다가
'세계 평화의 문'의 웅장한 위엄에 이끌려
공원 안으로 발을 들여놓았다.

거대한 문 앞의 한가로운 움직임들.
아이들은 인라인스케이트를 배우고,
연인들은 데이트를 즐기고,
가족들은 저녁 산책을 하고 있다.
축제의 기억은 이제 일상으로 녹아들어
올림픽공원이 없는 이 동네를 상상하기 어렵다.

대한민국 행정구역 중에서
인구가 가장 많은 곳이 송파구라고 한다.
센트럴파크가 뉴욕의 허파 역할을 하는 것처럼
올림픽공원은 이곳에 사는 사람들에게
숨 쉴 수 있는 공간이 되어주고 있다.

올림픽공원을 나와서 잠실역 방향으로 걷다 보니
서울의 새로운 랜드마크, 롯데월드타워가 보였다.
대기업 본사 건물들도 늘어서 있고,
여기서 조금만 더 가면 아파트 대단지도 펼쳐진다.

잠실(蠶室)은 '누에 치는 방'이라는 뜻으로
과거엔 온통 뽕밭뿐이었다는데,
지금은 지극히 도시적인 풍경만이 남았다.
잠실 어딘가에 뽕나무가 한 그루라도 남아 있으려나.

사람의 생애는 알 수가 없다지만,
공간의 생애도 참 알 수가 없다.

석촌호수(동호)로 들어섰다.
서울에 살면서도 말로만 들었을 뿐 이번이 처음이다.
호숫가에 다다르자 탄성부터 새어 나왔다.
내 기대보다 훨씬 드넓고 운치가 깊다.

넓디넓은 호면에는
도시의 반짝이는 빛들이 온통 내려앉았고,
호반의 활엽수들이 어둠 속에서도 울긋불긋하게
가을밤의 정취를 더하고 있다.
사람들 틈에 섞여 고요한 호숫가를 천천히 거닐었다.

호수를 산책하는 사람도 예상보다 많았다.
이렇게 인기가 많은 것들에는 다 이유가 있다.
흔한 것들이라고 '안 봐도 뻔하다'고 섣불리 단정 짓지 말기를.
어쩌면 진부하다고 무시해버린 그 이면에
우리가 놓친 클래식의 정수가 빛나고 있을지 모른다.

©kakaoTV

멀찍이 바라보던 롯데월드타워에 다가가보려고
석촌호수를 벗어나 걷기 시작했다.
롯데월드타워와 가까워질수록
거대한 빛기둥이 내 눈을 압도했다.
타워 앞 광장에는 빛의 터널부터
달도 별도 따는 아이들까지,
갖가지 빛의 조형물들로 가득하다.

빛의 축제가 열린 것 같다!
그 축제에 참여하기 위해 즐거운 외침은 숨긴 채
검지와 중지로 브이를 만들어 두 손을 번쩍 쳐들었다.

이렇게 불빛 많은 데 오니까
약~간 들떴어.

주위에서 온통 불빛이 반짝거리니 마치
크리스마스트리 사이를 걷는 것 같다.
최근에는 좀처럼 설렐 일이 없었는데
찬란한 불빛들 사이에 있으니 심장이 두근거린다.
여기는 절대적으로 연인을 위한 코스다.

괜스레 들뜬 기분으로 카페에서
따뜻한 커피를 사 들고 다시 거리를 나섰다.

이건 진짜 등대야, 등대.
서울의 등대.

어둠 속에서 하얗게 빛나는 롯데월드 마스코트,
너구리 '로티'를 멀리서 발견하자
어린 시절로 타임머신을 타고 온 기분이다.
커피가 새는 줄도 모르고
꼬마처럼 키득거리며 횡단보도를 내달렸다.

놀이공원에 놀러 온 지도 30년이 넘은 것 같다.
몇 달 전에 딸아이가 친구들이랑 롯데월드에 다녀왔는데
놀이기구도 타고 너무너무 재밌었다고 한참을 재잘거렸다.
내게도 놀이동산은 그런 곳이었다.
돌아다니기만 해도 마냥 신이 나고,
특별하고 근사한 이벤트로 가득한 설렘의 공간.

로티다, 로티!

최근에 설렐 일이 별로 없었는데,
여기 오니까 좀 설렌다. 두근거려.

로티의 다리 아래를 지나 샤롯데시어터 앞을 걷는데
비명인지 환호인지 모를 소리가 간헐적으로 들려왔다.
소리가 나는 방향으로 이끌리듯 걸었더니
석촌호수(서호)에 조성된 인공 섬,
매직 아일랜드의 신비로운 불빛이 나를 유혹했다.

비명의 진원지는 자이로스윙 놀이기구였다.
추억 속의 놀이기구를 눈앞에 두니
주책없이 가슴이 콩닥거렸다.
아저씨가 됐어도 마음엔 아직 피터팬이 살고 있나 보다.
수십 년 만에 다시 찾은 놀이공원 앞에서,
나는 청룡열차 타는 것이 소원이던
소년의 마음으로 돌아갔다.

멀리서 바라보는 것만으로 기분이 좋아지는 풍경이 있다.
화려한 조명, 짜릿한 즐거움에 빠진 사람들의 함성.

놀이공원 앞에 붙박인 발걸음을 돌리는 데는
솔직히 정말 엄청난 의지가 필요했다.
"이젠 나한테도 저기 마음껏 들어갈 수 있는 돈이 있어!"
괜스레 호주머니 속 지갑 언저리를 만지작대며
농을 하고 등을 돌렸지만,
등 뒤의 함성은 오래도록 발꿈치에 따라붙었다.

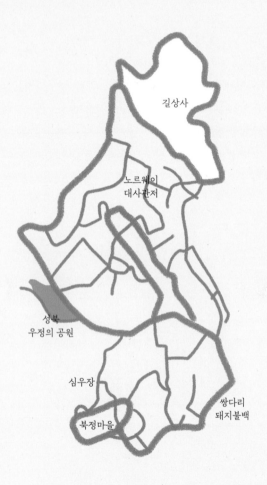

성북구 성북동

길상사

노르웨이
대사관저

성북
우정의 공원

심우장

쌍다리
돼지불백

북정마을

기억을
　　잃고 싶지 않은 마음이

지켜낸 동네

우리 세대는 '성북동' 하면
김광섭 시인의 「성북동 비둘기」부터 떠올린다.
"본래 살던 번지를 빼앗기고 새벽부터 돌 깨는
산울림에 떨다가 가슴에 금이 간" 비둘기들은
"사랑과 평화의 사상"까지 잃고 어디로 갔을까.

아이러니하게도 성북동은 동시에
대한민국 부의 공간을 상징하기도 한다.
드라마나 영화에 나오는 부잣집들은 항상
"성북동입니다" 하고 전화를 받지 않던가.

부자 친구 몇몇이 이 동네에 살아서
한 번 놀러 갔던 기억이 있는데,
같은 나라라는 게 도저히 믿기지 않았다.

성북동 부잣집들은 대사관로에 모여 있는데
공통점은 담장이 아주 높다는 것이다.
담장이 살짝 낮다 싶으면 울창한 나무가 가리고 있다.
아무리 까치발을 딛어도
높은 담장 안 지붕이 겨우 보일까 말까다.
높디높은 담벼락들에 압도당하는 성북동을 걸으면
영화 〈기생충〉에 나오는 박 사장의 집도 생각난다.
실제로 성북동 부잣집을 모티브로 집을 설계했다고 한다.

각국의 대사관저도 이 거리에 많아서
이국적인 풍경 속을 걷고 싶다면
이 동네를 산책하는 것도 좋겠다.
베벌리힐스 같달까(외국 부촌은 베벌리힐스밖에 모른다).

담벼락이
엄청 높다.

걷는 내내
올려다보는 중

커다란 집들이 즐비한 대사관로에서 내려와
아기자기한 공공 어린이 놀이터가 있는
성북우정의공원을 끼고서 계속 걸었다.
만해 한용운의 옛집 '심우장(尋牛莊)'이 있음을 알리는
표지판의 불빛이 어둠 속에서도 멀리까지 환하게 보였다.

그 아래로 만해 한용운 동상이
「님의 침묵」이 새겨진 시비(詩碑) 옆에 앉아 있다.
누군가 다정하게도 하얀 마스크와 모자에
직접 짠 듯한 목도리까지 둘러놓았다.

대로변에서 심우장으로 가는 계단을 오르자
또 다른 성북동이 있었다.
진정한 성북동, 북정마을이다.
본래 번지를 빼앗긴 비둘기들이
이 언덕바지로 내려 앉았을까.

자동차도 한 대 들어설 수 없는 골목을 사이에 두고
기와지붕과 슬레이트 지붕을 인 집들이
담장을 낮춘 채, 혹은 담장도 없이
다닥다닥하게 엎디어 있다.

이곳에 만해의 심우장이 있다.
언덕진 골목을 오르고 올라야 당도하는
자그마한 집터에 말이다.
오후 6시까지만 개방하여 문은 닫혀 있었다.

두 사람이 겨우 지나갈 수 있을까 말까 한 골목을
천천히 오르다가 밤하늘을 올려다보니
달이 두 개다.
하늘에 걸린 달 하나,
가로등에 달린 달 하나.

어둠 속에서도 낡고 오래되어 보이는 골목이
문득 애틋하고 애잔하게 느껴졌다.
좁다란 길이더라도 조금이라도 오르막이면
구르거나 미끄러지지 않도록
한쪽에 작은 계단을 전부 놓았기 때문이다.
계단이 아닌 시멘트 길에도 이랑들을 거칠게 지어놓았다.
이곳에서의 삶을 소중히 지키는 것이다.

저기 좀 봐,
달이 두 개 떠 있는 것 같아.

경사진 골목을 다 올라서니
차들이 주차되어 있는 제법 넓은 도로가 나오고
한양도성 성곽 아래로
북정마을도 계속 이어진다.

내가 걸어온 길을 돌아봤다.
사람이 진짜로 살고 있기는 한지
인기척이라고는 느껴지지 않는 큰 집들도,
조금만 목소리를 높이면 낮은 담장과 좁은 골목 너머로
이웃의 단잠을 방해할까 조심하게 되는 작은 집들도
모두 내려다보였다.

북정마을에서 오랫동안 살아온 사람들에게는
바로 여기가 '성북동'일 것이다.
그들은 어떤 마음으로 성북동을 지켜왔을까.

공간을 잃기 싫었던 것이 아니라
기억을 잃기 싫었던 것이 아닐까.
성북동의 진정한 터주로서
"사람 가까이 사람과 같이 사랑하고 평화를 즐기던"
그 오래된 기억의 향기 말이다.

북정마을 대로를 따라 걸으니
때마침 마을버스 정류장으로 마을버스 한 대가 들어왔다.

이번 정류장은 '노인정',
다음 정류장은 '슈퍼앞',
그다음 정류장은 '양씨가게앞'.

단순하고 순박한 정류장 이름들에 절로 웃음이 났다.
특히 '양씨가게'가 무슨 가게인지 궁금해서
마을버스 기사님에게 물어봤다.
옛날에 잡화를 팔았던 구멍가게란다.
지금은 없는 가게인데도
모두가 정류장 이름으로 추억하고 있다.
어떤 기억도 함부로 버리지 않는 것이다.

여기 살고 계신 분들에겐
여기가 성북동이잖아.

기억을 잃고 싶지 않은
마음이 지켜낸 동네.

북정마을 '노인정' 정류장에는
최성수 시인의 「북정, 흐르다」가 쓰여 있다.

"천천히 흐르고 싶은 그대여
북정으로 오라
낮은 지붕과 좁은 골목이 그대의
발길을 멈추게 하는 곳
삶의 속도에 등 떠밀려
상처 나고 아픈 마음이 거기에서
느릿느릿 아물게 될지니"

최성수 시인은 북정마을을, 이 성북동을
어지간히도 사랑하는 것이 분명하다.

북정마을을 사랑하는 마음은
어느 계단에도 활짝 피어 있었다.
누군가 계단 앞판마다 화사한 꽃들을 그려놓았다.
이 동네를 진심으로 아끼고 사랑하는 마음이 아니면
베풀 수 없었을 정성이리라.

아이들의 천진난만한 그림을
타일로 만들어 붙인 공중화장실도 마찬가지다.
내가 본 공중화장실 중에서 가장 예쁜 화장실이
여기 북정마을에 있다.

이 마을의 풍경은
삶의 어떤 기억도 잃고 싶지 않은 사람들이
고달픈 편린들까지 반짝반짝 닦아서
예쁘게 보관해온 느낌이다.

애써 지켜진 공간을 걷는 내내
애써 지켜진 기억의 온기로 따뜻했다.

종로구 종로

돈의동
갈매기살골목

익선동
한옥거리

종로3가역

낙원악기상가

탑골공원

젊음의거리

종각역

청계광장

옛것과
　　새것이 뒤엉킨

시간의 교차로

청계천을 걸어보는 것은 처음이다.
청계광장까지 여러 번 다녀가면서도
천변으로 내려가볼 여유까지는 내본 적이 없다.
어쩌면 청계광장에서 무심히 건너다보며
이미 내게 익숙한 길이라고 여겨왔을지 모른다.

부지런히 밤을 거닌 요즘, 이제는 알고 있다.
직접 걸어봐야 그 길의 진짜 얼굴을 알게 되고,
걸음이 쌓일수록 길 위의 풍경도 선명해진다는 것을.

눈만 돌리면 빌딩이 즐비하게 숲을 이루는 서울 도심,
청계천은 그 한가운데를 흐르고 있다.

그 시작점인 설치미술 〈스프링Spring〉 앞에서
물 가까이로 내려갔다.
빌딩 숲 사이로 흐르는 물소리만으로도
걸음걸음이 절로 느긋해진다.

시선을 들었다.
양쪽으로 치솟아 있는 빌딩들엔 불 켜진 창이 무수하다.
숨 돌릴 틈 없이 일하는 직장인들에게
청계천 산책로는 잠깐이나마 숨 고를 공간이 되어줄 것이다.
점심 먹고 산책, 퇴근하고 산책, 한잔하고 산책.
그것만으로도 참 다행한 일이다.

광통교 아래를 얼마쯤 지나
작은 구름다리 한가운데에 서서
내가 지나온 길을 돌아봤다.

복원된 청계천의 맑은 물길,
옛 모습을 투박하게 살려놓은 돌다리,
현대 도시의 상징물인 고층 빌딩들이
기묘하게 어우러지는 풍경이 예술적이다.
서로 다른 시간이 나에게로 달려온다.

도시는 옛것을 삼킨 자리에 새것을 뱉어낸다.
물론 새것일수록 더 깨끗하고 더 편리하고 감각적이다.
하지만 새것은 금세 또 다른 새것과 교체되어
옛것으로 밀려난다.
원래 있던 옛것을 옛것 그대로
되살려 보존하는 것도 중요하지만,
이렇게 정성스레 다듬어
옛 시간에 오늘을 더해가는 것도 좋은 일이다.

213

청계천을 산책하는 동안 신기했던 점은
다리 위를 걷는 사람들과
다리 아래를 걷는 사람들의 속도가 다르다는 것이었다.

다리 위로는 차들도 씽씽 달리고
퇴근을 서두르는 사람들의 발걸음도 급하기만 한데
고즈넉한 아래쪽에서는 부산한 움직임을 찾아볼 수 없다.
왠지 빨리 건너가야 할 것 같은 징검다리 위에서도
어느 연인이 호젓하게 앉아 소곤소곤,
밤이 깊어가는 줄을 모른다.

나한테는
징검다리인데,
연인들한테는
벤치구나.

청계천 주위는 번화가인 데다가
오래된 맛집이 많기로 유명하다.
다른 길들과 달리 청계천을 걸을 때는
배가 좀 고프다 싶으면 슬쩍 올라가면 된다.

저 현란한 불빛들……
나는 네온사인만 보면 흥분한다.
좋은 일, 근사한 일이 기다릴 것 같은 예감이 든다.

유혹적인 불빛에 이끌리고 말았다.
청계천에서 올라와 장통교를 건너자
'젊음의 거리'가 나타났다.

거리 이름에 걸맞게(?)
클론의 〈꿍따리 샤바라〉가 신나게 흘러나오고 있다.
아무리 레트로 열풍이라고 하지만
클론과 백지영과 쿨의 노래로 가득한 거리를 걸으니
문득 이 구역에만 시간이 멈춘 듯한 느낌이 들었다.
때로는 BGM만 들어도 그 거리의 분위기가 읽힌다.

홍대 앞이나 압구정동만의 분위기가 있듯이
종로에도 종로만의 분위기가 있다.
종로의 불빛은 그다지 세련되지 못하다.
그래도 나는 여기가 훨씬 편하다.
여기서는 아무 눈치 안 보고
아무런 위화감 없이 어울릴 수 있을 것 같다.
오늘 하루도 수고했다고 다독여주는 듯한 거리.

종로는 여전히 내 거리다.
이 거리 곳곳에 내 기억들이
오늘인 것처럼 살아 있다.

종각을 지나 종로3가를 향해 걸었다.
인사동으로 들어가는 어귀에 낙원상가가 있다.
악기를 사거나 수리하거나 다시 팔아야 할 때
항상 여기에서 거래했었다.

내 생애 첫 번째 악기는 세고비아 기타였다.
그 기타를 처음 사러 왔던 곳도 낙원상가다.
그 시절 내가 그랬듯,
지금도 중고등학생들이 기타를 배우고 싶어지면
부모님을 졸라 여기로 기타를 사러 온다.

그렇게 이 공간에 대한 사람들의 기억도
기타 화음이 쌓이듯 세대를 거듭해 쌓여간다.
음악의 역사가 계속 이어진다.

오랜만에 들른 낙원상가는
늦은 시각이라 문 닫은 가게가 많았다.
나의 오래된 거래처도 아직 영업 중이다.

이십 대 때 그 가게에서
정말 큰맘 먹고 고가의 악기를 하나 장만했다.
'이 악기로 음반 한 장은 만든다'라는 비장한 결의로.
그렇게 만들어진 음반이 내 음악 활동의 공식적인 첫걸음,
바로 토이 1집 〈내 마음속에〉다.

낙원상가 앞 탑골공원 주변에는
어르신들이 삼삼오오 둘러앉아
늦도록 장기를 두셨다.

나도 이삼십 년만 지나면 저 나이가 될 것이다.
정재형, 나, 루시드폴 이렇게 셋이서
낙원상가에 무시로 드나들며
새로 나온 악기들을 구경한 다음에
여기쯤 털썩 앉아서 막걸리도 한잔하고
이런저런 이야기를 하는 모습이 그려졌다.
그것도 나쁘지 않겠다.
아니, 정말 좋겠다.
그렇게 친구들과 같이 늙어갈 수 있다면.

종로는 참 희한한 곳이다.
젊음의 거리부터 탑골공원까지
겨우 몇 블록을 사이에 두고
모든 세대가 같은 공간을 공유한다.

낙원상가에서 탑골공원을 끼고서 더 들어가면
송해 선생님의 구역인 '송해길'이 나온다.
선생님의 사무실이 있는 이곳에서
방송 촬영을 진행한 적이 있는데
"희열아, 여기는 내 거리야" 하며 무지 뿌듯해하셨다.
송해 선생님은 한류 스타 부럽지 않은
이 거리 최고의 스타이다.

오래된 가게들이 늘어선 송해길을 지나면
바로 젊은이들의 핫플레이스로 떠오른
익선동 한옥 거리로 이어진다.
'시간을 달리는 소녀'도 아니고,
잠깐의 산책으로 대체 몇 번째 타임 슬립인지.

무슨 외국 같다, 여기.

모퉁이 돌면 뭐가 나올지
전혀 감을 못 잡겠어.

©kakaoTV

익선동 한옥거리에 들어서자마자 눈이 휘둥그레졌다.
한옥이 많은 한옥촌인 줄만 알았던 익선동이 아니다.
한옥 살림집들이 작고 예쁜 카페,
식당, 상점으로 죄다 바뀌었다.

한정식과 전통 음식도 팔지만
떡볶이와 호떡과 빵도 팔고
커피와 아이스크림과 디저트도 팔고
파스타와 피자와 돈가스도 판다.

살림집으로 쓰던 형태를 최대한 보존하고 있는 가게도,
외관만 한옥으로 남기고 현대적으로 인테리어한 가게도 있다.

옛것이든 새것이든
어느 한쪽만 고집하며 배척하지 않는다.
옛것도 새것도 오늘을 살아가는 사람들을 위해
즐겁게 쓰인다.

좁은 골목들이 끝없이 이어지는데
모퉁이를 돌아서면 뭐가 나올지 짐작조차 되지 않는다.
감각적인 한옥 가게가 어찌나 즐비한지
정신없이 이 골목, 저 골목을 걸었다.
어쩌면 조금은 헤맸을지도 모른다.

그 와중에 이 거리의 재미난(?) 특징을 하나 발견했다!
한옥 거리인데도 오히려
젊은이들은 옆 사람과 얘기하며 자연스레 걷는데,
나이 지긋한 분들은 눈앞의 풍경이 낯설기만 한 듯
사방을 두리번두리번하느라 걸음걸이가 불안정하다.
나는 그중 후자에 속했다.

옛것과 새것이 이토록 멋지게 어우러질 수 있다는 데
한껏 신기해하면서 한옥거리를 벗어날 즈음,
또 다른 신세계가 내 눈앞에 펼쳐졌다.

돈의동 갈매기살 골목!
두세 사람이 지나갈 수 있을까 싶을 만큼
좁은 골목골목이 고깃집들로 빼곡하고,
사람들이 어찌나 많은지
가게마다 골목에 내놓은 자리까지 만원이다.
진짜 충격적인 광경이었다.

내가 서울에 살고 있기는 한 걸까?
좀 놀 줄 안다는 사람은 나만 빼고
저기서 다들 놀고 있었으리라고 생각하니까
마음이 헛헛해진다.
아, 나도 좀 데려가주지.

골목 끝에는 언제나 새로움이 있다.
하지만 늘 다니던 큰길을 벗어나
좁은 골목으로 들어가려면 용기가 필요하다.

용기 있는 자,
골목으로 한번 들어가 길을 잃어라!
그곳에는 갈매기살이 기다리고 있을지니.

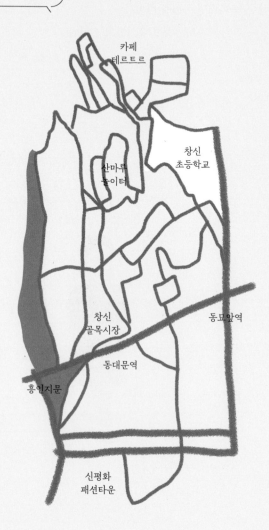

종로구 창신동

카페
테르트르

창신
초등학교

산마루
놀이터

창신
골목시장

동묘앞역

동대문역

흥인지문

신평화
패션타운

각자의
 치열함이 빛을 내는

거리

이제는 입김이 제법 하얗게 올라온다.
밤을 걷기 시작하고 세 번째 계절을 맞았다.
외투 주머니에 손을 집어넣은 채 옹송그리게 되는 계절에
서울에서 가장 뜨거운 동네, 창신동을 걷는다.

동묘앞 교차로 횡단보도에서 신호를 기다렸다.
동묘 앞은 구제 시장과 골동품 거리로 워낙 유명하고
어머니한테 창신동에 관한 얘기도 많이 들어 왠지 친숙하다.
동묘 앞 사거리에 서 있으면
오토바이가 유독 많이 지난다는 걸 알게 된다.

큰길인 지봉로에서 벗어나 창신동 주택가로 들어서니
한밤인데도 군데군데 작은 재봉 공장들의
전깃불이 환히 밝혀져 있다.

여기에 특히 오토바이가 많은 이유는
동대문과 창신동 재봉 공장들을 바쁘게 오가며
원단이나 의류 부자재,
완성된 옷들을 실어 나르기 때문일 것이다.

'미싱'이라고 크게 써놓은 것을 보니
어머니 생각이 났다.

어린 시절 어머니가 한복집을 하셔서
우리 집에서도 재봉틀 소리가 끊이지 않았다.
재봉 공장 안에 어지럽게 흩어져 있는 도구들이
전혀 낯설지 않다.
나에게는 익숙한 일상이었으니까.
저것들로 형과 나, 우리 세 식구를 먹여 살렸으니까.

"희열아! 이거 들고 빨리 재봉 공장에 좀 다녀오너라."
어머니가 심부름을 시키면
나는 한밤중에도 재봉 공장으로 달려갔다.
옷감을 가져다주고 재봉이 끝나기를 기다렸다가 받아 오려고.

단춧구멍도 내려 가고, '오바로크(휘갑치기)'도 치려 가고……
동대문 시장들과 가까운 창신동에 재봉 공장이 진짜 많다고
어머니로부터 자주 듣고는 했다.

밤늦도록 불 켜진 재봉 공장 앞에서
쉽사리 발걸음이 떨어지지 않았다.

주택가 안쪽으로 깊숙이 들어가니
좁고 가파른 골목길이 이어졌다.
겨울에 눈이라도 내리면 큰일이겠다 싶었지만
급경사면 한가운데에는 작은 계단을 만들고,
계단 대신 거칠게 이랑을 지어놓은 가에는
안전 손잡이를 설치해놓았다.

그나마 다행이라고 생각하면서
한 사람이 겨우 디딜 수 있는 계단을 밟아 갔는데
비탈을 오를수록 골목이 숫제 계단으로
위로도, 옆으로도 미로처럼 끝없이 이어졌다.
언덕배기에 축대까지 쌓아 올리며
높고 낮게 다닥다닥 지은 집들을
그 계단들이 이어주고 있다.

60~70년대에 일자리를 찾아 동대문으로 몰려든 사람들을
최대한 많이 수용하려면 어쩔 수 없었을 것이다.

골목으로도 더 이상 버티지 못할 때 계단을 만든다.
그런데 창신동은 골목 자체가 계단이다.

좁고 가파른 계단 양쪽으로
빽빽하게 들어선 집들 하나하나가
나에게는 모두 '삶'으로 느껴진다.
그 수많은 삶을 연결해주는 것이
좁디좁고 가파르디가파른 작은 계단들이다.

창신동 계단들은 그 삶들의 맹렬한 기세를 보여준다.
그 자체로 치열한 삶인 것이다.

끝날 줄 모르는 계단을 따라 숨이 턱에 닿도록 올라가자
그나마 널찍하게 트인 곳이 나왔다.
그때 오래되어 낡은 간판 하나가 내 눈길을 끌었다.
'스타 비디오.'

아마도 과거에는 비디오 대여점이었을 것이다.
예전에는 주말에 비디오테이프를 빌리러 가면
얼마나 신중하게 골랐는지 모른다.
요즘은 IPTV로 아무거나 대충 골라서 보다가
재미없고 마음에 안 들면 바로 꺼버린다.
버튼만 누르면 손쉽게 다른 영화를 볼 수 있다.

비디오로 영화를 즐기던 시절,
영화 한 편이 주던 그 기쁨과 소중함은 사라진 것 같다.
삶이 점점 풍족해지는 것은 고마운 일이지만,
한때 소중했던 것들이 가벼워진다는 건
아무래도 조금 쓸쓸한 일 같다.

창신동 주택가 꼭대기에서
예기치 못하게 거대한 카페, '테르트르'를 맞닥뜨렸다.
붉은 벽돌과 통유리를 감각적으로 이용한 주택.
그 외관과 부드러운 불빛에 이끌려 들어가
루프탑 테라스로 올라갔다.

유리 난간에 기대니 야경 위에 내가 서 있는 것만 같다.
반짝이는 불빛들이 동대문 일대를 더욱 환하게 밝히고 있다.
낙산공원에서 흥인지문으로 이어진
한양도성 성곽도 한눈에 들어왔다.

야경을 완성하는 이 예쁜 불빛들은
늦은 시각에도 누군가는 부지런히 움직이고,
또 움직일 준비를 하고 있다는 뜻이기도 하다.

©kakaoTV

창신동 꼭대기에서 내려오다가
유난히 좁고 가파른 계단을 발견했다.
까딱 잘못하면 고꾸라지기 십상일 계단 모퉁이에
'돌산마을 조망점'이라는 안내 표지판이 걸려 있다.

표지판 앞에 서서 마을을 바라보니
거대한 절벽 위아래로 아슬아슬하게 자리 잡은
삶의 풍경이 펼쳐진다.

창신동 돌산은 일제강점기에 화강암 채석장이었다.
조선총독부, 경성역(옛 서울역), 경성부청(지금은 서울시청),
조선은행 본점(지금은 한국은행)을 짓는 데
이곳의 화강암이 쓰였다.

매일같이 마구잡이로 파헤쳐진 돌산은

40여 미터의 절벽으로 바뀌었다.

어두운 절벽 위아래로 밝혀진 창들이

반딧불처럼 가물거린다.

아픈 역사가 남겨놓은 극적인 풍경 앞에서 잠시 말을 잃었다.

모진 시간 속에서 반딧불이처럼 삶의 빛을 가물거리며

억세게 버텨낸 그 흔적들을

그저 먹먹한 마음으로 올려다보았다.

흉터 주변에
이제 새살이 돋아나야지.

채석장 절개지는 나에게
서울에 남은 오래된 흉터처럼 느껴졌다.
아직 다 아물지 못해 속살이 드러나 있는 흉터.

자연과 시간의 힘으로 절개지 주변에
작은 집들이 들어서고
사람들이 옹기종기 모여 사는 동안
그 온기가 딱지로 내려앉아
또 하나의 소중한 삶이 이어지는 것이다.
이제는 새살이 마구 돋아나야 한다.

겨울밤의 삭막한 절개지가 잊히지 않아
다른 계절의 풍경을 찾아봤다.
햇살도, 바람도, 비도 다정하게 찾아들었나 보다.
깎아지른 절벽에도 초록빛이 제법 풍성하여
적잖이 안심이 되었다.

골목길을 내려오면 그 어귀에 창신골목시장이 있다.
장이 파할 시간이 한참 지났는데도
문을 열어놓은 가게가 많았다.
동대문 상인들을 위한 배려이리라.
병어까지 구워서 양념장과 함께 포장해놓았다.

작은 골목시장을 빠져나오면 곧 흥인지문이 보인다.
불을 환히 밝힌 흥인지문은 교통 정체 속에 서 있다.
자정이 다 되어가는 이 시간에
차들로 꽉 들어찬 도로는 여기밖에 없을 것이다.
새벽에 다시 살아나는 동네라는 게 실감이 간다.

흥인지문을 지나 계속 걸으면 신평화 패션타운에 도착한다.
평화, 신평화, 제일평화, 남평화, 동평화, 청평화 등
동대문에는 '평화' 자가 붙은 상가와
건물별로 갖가지 이름을 내건 시장이 많은데,
주로 의류 및 패션과 관련하여
저마다 취급 품목과 그 특색이 조금씩 다르다고 한다.

신평화 상가 밖을 스쳐가기만 해도
양말만 파는 양말가게, 비닐만 파는 '비니루 상사',
장갑만 파는 장갑가게 들이 끝없이 이어졌다.
새벽인데도 대낮처럼 훤한 불빛 아래에서
수많은 사람이 부산하게 움직이고 있다.

동남아 여행지에서 들렀던 야시장과는 차원이 다르다.
밤을 낮처럼 살아가는 저들은
밤을 걷고 있는 나와 달리
밤을 만들어가고 있는 사람들이다.
동대문을 화려하게 수놓는 불빛들보다
그들의 활기에서 뿜어져 나오는 치열함이 더 눈부시다.

창신동과 동대문 시장을 걸으며 어머니를 떠올렸다.

덕분에 잘 살고 있습니다.
우리 세대도 치열하게 살아내겠습니다.

지금 내 삶이 고단하게 느껴진다면
이곳을 걸어보기를 권한다.
밤을 대낮같이 밝히고 있는 사람들을 보면
내 삶에도 뜨거운 불을 붙이고 싶어진다.

홍익대학교

홍익
문화공원

홍대
예술의 거리

합정역

성산
중학교

시시한
이야기가

그리운 밤에

10년 전쯤 퍼플레코드에 들른 이후로
홍대 앞을 찾을 일은 거의 없었다.
이십 대 때 친구들과 이 거리에서 죽치면서
자주 들락거리던 음반 가게가 퍼플레코드다.
이제 오프라인 매장은 없어졌다.

홍익대 정문 앞에서 횡단보도를 건넜다.
홍대 앞 놀이터도 없어졌다.
원래 놀이터가 있던 곳에 작은 공원이 자리하고 있다.

예전엔 여기 어둑한 놀이터에서 키스하는 연인이 많았다.
그래서 내가 만든 노래들에도 놀이터가 많이 등장한다.
시경이가 부른 노래 〈소박했던 행복했던〉에도
'처음 입 맞춘 그 밤'의 놀이터가 나오는데
그 배경이 바로 홍대 앞 놀이터다.
지금은 연인과 함께 앉을 그네도, 벤치도 없고
무엇보다 너무 밝아져서 그런 낭만은 도무지 찾기 힘들겠다.

놀이터가 있던 자리를 지나쳐 걷다
이번엔 아주 오래된 중국집도 사라진 걸 발견했다.
쟁반짜장이 맛있기로 유명한 집이었다.

〈좋은 사람〉이라는 곡에
'널 데리러 온 그를 내게 인사시켰던
나의 생일날'이라는 가사가 나오는데,
가사 속 생일 파티를 그 중국집에서 했었다.

이 거리에 스민 내 청춘의 흔적들이
하나둘씩 사라지고 있었구나 싶다.

혼적들이 하나둘
사라져가네.

©kakaoTV

사라진 흔적들과는 별개로, 홍대 앞에 오니
옛 시절 재미있는 에피소드가 새록새록 떠올랐다.
내가 이십 대 중반일 때 '홍대 록카페'란 게 처음 생겼다.
그때는 정말이지 충격이었다.
호프집인데 춤을 춘다는 것이다.
알탕이나 쏘야를 먹다가 갑자기 일어나서 춤을 춘다니.
처음에는 "그게 말이나 돼?" 했다.

록카페 문화가 본격적으로 형성되기 시작한 곳이
바로 홍대 앞이다.
요즘으로 치면 '감성 주점'쯤 될까.

흘러간 추억을 곱씹다 보니 어느새 주차장 골목에 도착했다.
예전엔 이 골목이 홍대 앞의 중심가였다.

그런데 주차장은 없어지고 길이 훤하기만 하다.
안 보이던 고층 건물도 눈에 많이 띈다.
예전엔 좁은 골목길에 갖가지 노점까지 늘어서 있어서
북적이는 사람만 구경해도 재미있었다.

홍익대 미술대학원을 다니는 희수라는 친구가 있었는데,
그때 그 친구랑 툭하면 여기를 걸어 다녔다.
둘 다 돈이 없어서 어디 들어가지도 못하고
사람 구경하며 그냥 걷기만 하다가 헤어졌다.
한참 걷고 나서 "오늘 예쁜 사람 많이 봐서 되게 좋다"
그러고는 각자의 집으로 돌아가는 거다.
진짜 아무것도 한 것 없이.

정말 엄청 화려해졌다.

왠지 내가
여행객처럼 느껴져.

나이를 먹어가면서 실감하는 가장 큰 변화는
그런 시시껄렁한 시간과 애기를 나눌 친구가
점점 없어진다는 거다.
별일 없이 만나 시시한 애기 나누며 낄낄거리고
아무 소득 없이 헤어지는, 그런 사이 말이다.
이 밤, 많이 변한 이 거리를 걷고 있자니
시시한 애기를 나눌 친구가 정말 그립다.

주차장이 없는 주차장 골목 한가운데서
그야말로 이방인이 된 것만 같다.
내가 서 있는 곳은 분명 홍대 앞이 맞는데
내가 알고 있던 거리와 내 눈앞에 보이는 거리가
같은 공간이라고는 도무지 믿기지 않는다.

MBC 라디오 〈음악도시〉를 진행할 때
내 나이가 이십 대 중반이었다.
그때 '홍대 클럽 뮤지션'이라는 말이 처음 등장했다.

'크라잉넛'이었는지, '노브레인'이었는지
정확히 기억은 안 나는데,
처음으로 홍대 클럽 뮤지션을 초대했다.
그런데 도무지 토크를 진행할 수가 없는 거다.
내가 뭐라고 질문만 하면 "Ye 로큰롤!" 하고 외쳐대는 통에.
이게 인디 뮤지션에 대한 나의 첫 기억이다.

이삼십 대를 훌쩍 지난 뒤 언젠가,
크라잉넛의 〈밤이 깊었네〉를 듣다가
갑자기 펑펑 운 적이 있다.
이 노래에는 딱 그 시절 홍대 앞의 낭만이 담겨 있는 것 같다.
얼마나 많은 청춘이 홍대 앞에서 그런 밤을 보냈을까…….
그 애타고 불안한 마음들이 전해지는데
그게 또 그렇게 사무치는 것이다.

내 청춘의 홍대 앞 거리는 사라졌다.
오늘의 거리는 오늘의 청춘을 위한 거리다.
그렇지만 못내, 지금처럼 화려해지기 이전,
가난한 꿈들이 웅크리고 있던 홍대 앞이
자꾸만 아쉬워진다.

지금 이곳에서
'이 밤에 취한 채 뜨겁게 방황하고 있는' 청춘들도
머잖아 나처럼 홍대 앞을 지나치며
"아, 옛날이 좋았지" 하는 날이 오겠지.

나이 먹으면서 제일
슬픈 게 뭔지 알아?

시시한 얘기를 나눌 친구가
점점 없어진다는 거.

익숙하고도 생경한 홍대 앞 거리를 벗어나
합정동 주택가 골목으로 들어섰다.
홍대 앞을 그렇게 돌아다녔어도
이쪽으로는 넘어온 적이 없었다.
그런데 왠지 친밀하고 편안하다 싶더니
뜻밖에도 내 기억 속 홍대 앞의 풍경과 흡사했다.

예전엔 홍대 앞도 이곳처럼
골목골목이 다세대들로 이루어져 있었다.
친구들이 구했던 집도 대부분
다세대주택들의 반지하 방이나 옥탑방이었다.
지금 합정동처럼 작은 카페 같은 것들이
주택가 1층에 드문드문 세 들어 있기도 했다.
무엇보다 신나는 댄스음악은 들리지 않았다.

나한테는 여기야말로 진짜 홍대 앞 같다.

주택가를 계속 걷다 보니
카페, 케이크 베이커리, 파스타 가게, 술집, 밥집 등
다세대주택 1층마다 작고 개성 넘치는 가게들이
아기자기하게 모인 골목이 나타났다.
홍대 앞 가게들은 무엇을 팔고 있는지
자기 아이덴티티를 정확하게 드러낸다면,
이곳 가게들은 가까이 들여다봐야
무엇을 파는지 알 수 있다.

'우엔(원앙을 뜻하는 베트남어)'은
베트남 가정식을 파는 밥집이고,
'서양미술사살롱'은
커피와 술과 스파게티를 파는 커피 바이고,
'들개'는 마스터도 있는 위스키 바다.
들개 마스터가 칵테일을 제조하면서 손님들과 얘기하고 있다.

아마도 무엇을 팔고 싶어서가 아니라
무언가 하고 싶어서 만든 가게들이기 때문이리라.
왠지 어떤 꿈들의 새싹이
파릇파릇하게 돋아나는 중인 것만 같다.
은은하게 빛나는 꿈들의 온기가 따사롭다.
부디 성공하십시오!

언젠가 안테나의 한 직원이 회식 중에
합정동에서 살고 싶다는 이야기를 했다.
내가 이십 대 때 홍대 앞에서 살고 싶어 했던 것과
같은 마음이겠지.

이 동네는 음악에 비유하면······
컴퓨터 음악과는 전혀 어울리지 않고,
일단 기타 소리가 징글징글징글 나와야 할 것 같다.
페퍼톤스나 루시드폴의 음악이 잘 어울리는 동네다.

반갑게도 트레이닝복 차림으로 동네를 오가는
젊은이들과도 마주쳤다.
예전에는 홍대 앞에도 그런 헐렁한 차림이 많았다.
합정동은 아직 '동네 앞'인 것이다.

딱 여기까지가 좋다.
'발전'이라는 이름으로 생소하게 변화해지지 않고
지금 이대로 남아 있기를 바라는 건 내 욕심일까?

합정동 재밌다.

파릇파릇한 새싹 보는 기분이야.
예전 홍대가 딱 이랬거든.

이제 홍대 앞은 남루한 미대생과
인디 뮤지션의 동네가 아니다.
허름하고 조그마한 작업실들의
군내 나는 향기가 사라져버렸다.

합정동 골목 어딘가에는
분명 그런 작업실들이 숨어 있을 것이다.
아무도 찾아주지 않는 너절한 작업실에서
음악 작업을 하던 이십 대 초반의 나처럼,
누군가는 합정동 반지하 작업실에서
빛나는 미래를 꿈꾸고 있을지 모른다.

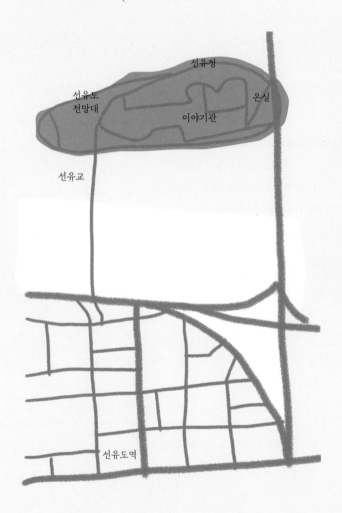

영등포구 선유도공원

선유정

선유도
전망대

온실

이야기관

선유교

선유도역

모든 것들이
　　　제자리로 돌아오는

풍경

영하 10도로 떨어진 한겨울 밤이다.
올해 첫 내복에 털모자까지 중무장하고 나왔건만
몸 구석구석 스미는 찬기가 심상찮다.

선유도역에서 한강 방향으로 걸으니
얼마 걷지 않아 작은 공원이 하나 나왔다.
'양평가로녹지.'
꽃과 잎이 모두 져버린 계절에
LED 장미 정원이 다채로운 빛깔로 만개해 있다.
좀 더 걸으면 노들로를 건너는 육교가 나온다.

이제 서울 시내로 이어지는 차선은 한가하고,
서울 시내를 빠져나오는 차선만 자동차 불빛으로 가득하다.
집으로 돌아가는 귀갓길이 유난히 환하다.
그 너머로 불 밝힌 국회의사당과 여의도가 한눈에 들어온다.

©kakaoTV

올림픽대로를 가로지르는 성수하늘다리를 지나
한강을 건너는 선유교에 다다랐다.
모자와 마스크를 비집고 들어오는
강바람에 정신이 번쩍 든다.
'그래, 이 정도 강추위는 겪어야 잊지 못할 추억이 되지.'
칼바람 앞에서 발길을 안 돌리려고 마음을 다독였다.

드디어 말로만 듣던 선유도공원에 도착했다.
밤섬만 한 크기일 줄 알았는데 꽤 넓다.
선유도는 원래 작은 봉우리 섬이었는데
일제강점기를 거치면서 옛 모습을 잃었다고 한다.
수돗물 정수장으로 한참 쓰이다가
2002년도에 공원으로 재생됐다.
우리나라 최초의 친환경 재생 생태공원이다.

공원 곳곳에는 폐정수장의 흔적이 고스란히 남아 있다.
정수장의 콘크리트 상판 지붕을 들어내고 남은
벽과 기둥들 사이를 걷고 있자니
무슨 영화 촬영장에 온 것 같았다.

앙상해진 나무, 넝쿨만 남은 덩굴식물 들이
인간이 쓰다 버린 곳을 차지하고 있다.

옛 정수장 구조물을 깡그리 헐고 밀어
새로운 조형물에 꽃도 심고 나무도 심었다면 어땠을까.
근사하긴 해도 지금의 이 분위기는 느낄 수 없었을 것이다.
선유도가 묵묵히 견뎌온 시간의 흔적도 다 사라졌을 것이다.
그 흔적을 눈에 보이지 않도록 덮는다고
아무 상처도 받지 않은 게 되는 것은 절대 아니다.

이게 다 시간의 흔적이잖아.

무조건 가리고
덮는 건 아닌 것 같아.

내 몸엔 큰 흉터가 두 군데 있는데
언제 어떻게 다쳤는지 아주 선명하게 기억한다.
하나는 친구랑 놀다가,
또 하나는 나무에서 떨어져서.
상처가 흉터로 아물면 통증은 사라지지만
기억은 언제까지고 사라지지 않는다.
억지로 가리고 덮는다고 될 일이 아니다.

좋은 시간은 좋은 시간대로,
나쁜 시간은 나쁜 시간대로 기억해야 한다.
그래야, 잊지 말아야 할 것을 잊지 않을 수 있다.

어디선가 농롱한 풍경 소리가 들려왔다.
누군가 나목에 풍경을 매달아놓았다.

이 풍경 덕분에
겨울바람이 보인다.
겨울바람이 들린다.

맑고 곱게 밤을 연주하는
겨울바람의 부드러운 춤을
오래도록 감상했다.

275

©kakaoTV

공원을 이리저리 거닐다가
누구나 자유롭게 연주할 수 있도록 설치해둔
오래된 피아노를 발견했다.

오랜만에 피아노 건반 앞에 앉아
지금 이 순간에 어울리는 곡이 무엇일까 생각했다.
토이 7집 〈Da Capo〉에 수록된 연주곡
〈피아노〉를 골랐다.

밤이 흐르고, 음악도 함께 흐른다.

한창 더운 여름부터 겨울이 오기까지
그동안 참 부지런히도 밤을 걸었다.

쓸쓸하게 텅 빈 명동 거리가 생각난다.
무무대에서 넋을 잃고 본 환상적인 야경도 눈에 선하다.
한밤중에 경희궁 안을 우리 집 마당처럼 거닌 순간은
내 인생을 통틀어 정말이지 특별한 경험이었다.

후암동에 있는 해방촌 108계단은 나중에 다시 찾았고,
어머니를 만나러 갔다가 홍제천 산책로도 한 번 더 거닐며
딸아이에게 옥천암 보도각 백불을 보여줬다.

밤을 산책하며 두 눈에 담은 풍경들은
소중한 앨범처럼 내 마음에 차곡차곡 들어찼다.

시인과 촌장의 노래 〈풍경〉을 아주 좋아한다.
이 노래는 가사가 단 네 줄이다.

세상 풍경 중에서 제일 아름다운 풍경
모든 것들이 제자리로 돌아가는 풍경
세상 풍경 중에서 제일 아름다운 풍경
모든 것들이 제자리로 돌아오는 풍경.

머잖아 사람들로 가득해진 거리에서
지금까지 산책한 길들을 다시 걸을 수 있으면 좋겠다.
같은 공기를 마시며, 서로의 어깨를 마구 스치며.

그동안 잘 걸었다.
너무너무 잘 걸었다.

밤을
걷는

초판 1쇄 발행 2021년 4월 20일 초판 4쇄 발행 2021년 6월 10일

지은이 유희열, 카카오엔터테인먼트
펴낸이 이승현

편집1 본부장 배민수
에세이1 팀장 한수미
기획팀 박경아
편집 곽지희
디자인 형태와내용사이

펴낸곳 ㈜위즈덤하우스 출판등록 2000년 5월 23일 제13-1071호
주소 경기도 고양시 일산동구 정발산로 43-20 센트럴프라자 6층
전화 031)936-4000 팩스 031)903-3893 홈페이지 www.wisdomhouse.co.kr

ISBN 979-11-91583-12-0 03810